RECALCULANDO A ROTA

Aimee Oliveira

RECALCULANDO A ROTA

PLATA
FORMA 21

Recalculando a rota
© 2024 Aimee Oliveira
© 2024 VR Editora S.A.

Plataforma21 é o selo jovem da VR Editora

GERENTE EDITORIAL EXECUTIVA Tamires von Atzingen
EDIÇÃO Thaíse Costa Macêdo
ASSISTÊNCIA EDITORIAL Andréia Fernandes e Michelle Oshiro
REVISÃO João Rodrigues
DESIGN E ILUSTRAÇÃO DE CAPA Paula Cruz
PROJETO GRÁFICO DE MIOLO E DIAGRAMAÇÃO Pamella Destefi
PRODUÇÃO GRÁFICA Alexandre Magno

Dados Internacionais de Catalogação na Publicação (CIP)
(Câmara Brasileira do Livro, SP, Brasil)

Oliveira, Aimee
Recalculando a rota / Aimee Oliveira. – Cotia, SP:
Plataforma21, 2024.
ISBN 978-65-88343-76-0
1. Ficção juvenil I. Título.

24-198614   CDD-028.5

Índices para catálogo sistemático:
1. Ficção : Literatura juvenil 028.5
Tábata Alves da Silva – Bibliotecária – CRB-8/9253

Todos os direitos desta edição reservados à
VR Editora S.A.
Via das Magnólias, 327 – Sala 01 | Jardim Colibri
CEP 06713-270 | Cotia | SP
Tel.| Fax: (+55 11) 4702-9148
plataforma21.com.br | plataforma21@vreditoras.com.br

Este vai pra todo mundo que, assim como a Ludmilla, tem medo de cair de moto e se ralar – em especial pra minha irmã, Linda.

1

—Quem é Lixo Radioativo?
— Hum?!

Layana, minha amiga, franzia a testa para a tela do meu celular enquanto eu terminava de copiar a matéria. Pra ser sincera, não gostava de ser interrompida em situações assim.

– Alguém chamado *Lixo Radioativo* tá te ligando.

– Ah, recusa – instruí ao fazer um esforço para não me aborrecer com o erro gramatical que cometi justamente ao me desconcentrar. É nisso que dá tentar fazer duas coisas ao mesmo tempo: nenhuma das duas fica boa.

Lay deu de ombros e continuou passando alguns rapazes de um lado para outro num aplicativo de relacionamento. Ela havia se prontificado a fazer o serviço por mim, pois, segundo ela mesma, eu tinha o dedo podre. Eu não podia discordar, mas precisava ressaltar – mesmo que só na minha cabeça – que ela não sabia da missa a metade.

– Lixo Radioativo novamente.

Ela virou o celular pra mim, como se eu tivesse condições de tomar uma providência a respeito. Será que ela não percebeu que eu tinha coisas mais importantes pra fazer? Tipo uma página inteira, frente e verso, de caderno para passar a limpo? Necessitava recuperar o dia de aula perdido. Sem tempo, irmão!

– Recusa de novo. É meu ex. Ele é bem insistente quando quer.

– Os piores sempre são.

– Pois é. – Dei razão, sem entrar em detalhes sobre as crueldades que aquele cara já havia me dito.

Ela enfim pressionou o botão vermelho e voltou à tarefa de encontrar alguém apropriado para mim. Alguém que viesse para somar, ela sempre dizia, não esse bando de palhaço que eu andava arrumando. Fica fácil diferenciar o certo do errado com tanta assertividade quando se encontra a pessoa que *vem para somar* no terceiro ano do Ensino Médio, como tinha acontecido com ela e Mariana, sua namorada.

Mas eu não ia falar o óbvio. Como já disse, não tinha tempo a perder. Já bastava o fato de ter perdido a aula do dia anterior por conta de uma cliente que apareceu do nada exigindo fazer a unha comigo. Quer dizer, eu apreciava a preferência e tudo o mais, mas também gostava de trabalhar com horários marcados. Só assim para manter o caos que era a minha vida minimamente organizado. Manter a matéria do curso atualizada também ajudava.

– Agora ele tá mandando mensagem – Lay anunciou, sem interromper o movimento constante do dedo. – Na verdade, é alguém se identificando como amigo dele.

– Xandy – completei ao virar o caderno de Lay e ir para a última página de conteúdo.

– Isso mesmo. Tá bem por dentro da vida do ex, hein?

– Não é como se eu tivesse opção – justifiquei. – Ele mora em cima de mim. Numa casa acima da que eu moro, quero dizer.

– Hummm, tá.

Não prestei atenção se o som que ela fez teve uma conotação sugestiva ou não, eu estava mais concentrada em entender os conceitos sobre cuidados com a pele que passava para o papel. Mas minha linha de pensamento foi interrompida assim que ela disse:

– Más notícias.

Contraí o corpo e imaginei o que estava por vir. Eram tantos cenários possíveis que me perdi entre eles. Tive que me esforçar para manter a firmeza ao pedir:

– Avisa que eu não vou a hospital nenhum, tenho unha marcada depois daqui.

– Como você *sabe* que é justamente sobre hospital? – Layana arregalou os olhos e franziu a testa.

– Conheço meu povo. Meu *ex*-povo. – Retornei a atenção ao caderno, porque minha profissionalização como esteticista, ou seja, seguir adiante com o plano de ser alguém na vida, era o que realmente me importava.

Não queria mais saber de Vinícius.

Ou de Xandy.

– Ele disse que é uma questão de vida ou morte.

– Só faltou informar que ele se colocou nessa situação por escolha própria – falei ao passar o marca-texto numa parte importante das anotações.

– É pra eu parar de narrar as mensagens? – Lay quis saber. – Pelo visto você já sabe de tudo. Nunca me contou que tinha o dom de estar em dois lugares ao mesmo tempo... Como conseguiu isso? Comprou nesses sites de produtos malucos em que você vive navegando?

– Deixa de besteira. – Revirei os olhos em resposta à crítica gratuita. – Pode continuar lendo.

– Ele disse que dessa vez é sério.

– Sempre é.

– Tá falando que Vinícius chamou por você, que pode ser a última vez que vocês se vejam.

– Sério? – Me inclinei na direção dela para olhar as mensagens, porém a película de privacidade do celular atrapalhou a visualização.

Meu próprio truque agindo contra mim, putz grila.

– Vivian, eu *acabei de falar* que era sério – Layana reclamou, soando contrariada. – O tal do Xandy reforçou que sim, pode ser a última vez, caso você queira ver Vinícius com vida.

A informação se assentou no meu interior com um peso tremendo. Lay estava com razão em perder a paciência comigo. Às vezes eu demorava para pegar no tranco, mas, quando pegava, ia a mil por hora. Tipo o que Vinícius fazia com aquela porcaria de moto, que com certeza era a razão de ele ter ido parar no hospital. De novo.

– Droga. – Fechei o caderno e coloquei o material às pressas na mochila, com as mãos trêmulas. – Por que ele sempre faz isso comigo? Será que ele não se cansa?!

Peguei meu celular e saí da sala tão assustada que nem me despedi direito da minha amiga. Mas, quando peguei o endereço direitinho do hospital com Xandy, mandei uma mensagem para ela falando que depois eu pegava o caderno para terminar de copiar a matéria. Layana simplificou as coisas mandando uma foto da página que faltava.

Pena que no meu coração não tinha mais espaço para ficar grata. Ele quase já estava morto de preocupação, batendo a 125 cilindradas, igual àquela maldita moto do meu ex-namorado.

2

Percorri o hospital inteiro até encontrar o lugar certo. Entrei cambaleando na enfermaria, mal conseguindo coordenar minhas pernas. E lá estava ele, de olhos fechados e com um monte de fios ligados ao corpo.

Um horror.

E isso só se intensificava com os múltiplos barulhos que as máquinas faziam. Pipipi-pipipi-pipipi! Tã-tã-tã! Péim-péim-péim! E mais um montão de onomatopeias repetitivas e desesperadoras. Nessa hora, deixei todos os meus rancores de lado.

– Ai, Vin... – O gemido escapou da minha boca sem que eu tivesse qualquer controle sobre o que dizia.

Também não era pra menos. Ele tinha um corte profundo nos lábios e a perna direita içada num ângulo visivelmente desconfortável. Avancei como pude até a maca, não prezei nem um pouco pela elegância. Meu saltinho de cristal virou no meio do caminho, mas não tinha importância. O ambiente estava quase vazio, com mais máquinas que gente. E, pra ser bem sincera, pouco me importava a opinião dos outros – ao menos dessa vez.

Cheguei perto dele e estendi a mão em sua direção. Era visível o quanto ela tremia. Ainda assim, a repousei na testa de Vinícius, tocando uma parte do seu cabelo e sentindo aquela sensação de grama recém-cortada uma vez mais.

A temperatura dele parecia normal. Agradável, até. Não tinha febre. Pelo menos isso, uma complicação a menos. Não sei se foi o alívio ou o nervoso que me fez sentar na pontinha do colchão. E foi só eu me acomodar ali, ouvi:

— Demorou, hein!

Xandy estava sentado na cadeira do outro lado da maca, eu não tinha reparado. Não sei como, já que ele estava com um boné vermelho equilibrado no topo da cabeça e brincos com imitação de pedras de brilhante *enormes* em ambas as orelhas. Um visual horrível e chamativo, uma verdadeira agressão aos conceitos de estética que eu aprendia diariamente no curso. E, ainda por cima, destoava por completo do ambiente hospitalar.

— É a vida de quem depende de transporte público — comentei, sem dar muita bola, mais interessada em passar a mão para frente e para trás no cabelo de Vin. Fazia cócegas, embora eu não estivesse com a mínima vontade de rir.

— Isso que acontece com quem não aceita caronas — ele provocou, fazendo referência a todas as ofertas dele, de Vinícius e dos demais rapazes da oficina que eu já havia recusado.

Agora eles não ofereciam mais. Graças a Deus. Era muito difícil dizer não para uma oportunidade de me segurar nas costas largas de Vinícius. Mas segurança em primeiro lugar, esse era meu lema. Ou, pelo menos, *deveria* ser.

Eu ainda estava aprendendo.

— Não vamos começar com essa história de novo — pedi, referindo-me não apenas às caronas, mas também a toda a discussão por trás desse meio de transporte que tanto odeio.

— Como você quiser — Xandy se espreguiçou largamente, ocupando um espaço desnecessário ali e na parte mais sombria da minha memória —, até porque a gente tem mais com o que se preocupar.

Ele indicou Vinícius com o queixo e eu automaticamente parei de prestar atenção na fuça adornada com um cavanhaque descolorido de Xandy, voltando a focar no convalescente.

– O que aconteceu?

Olhei de novo os fios conectados àquele corpo que tanto amei no passado e comecei a entrar em pânico. Ele era novo demais para morrer assim. Tinha tanta coisa para fazer... Precisava montar sua própria oficina de motos, realizar o sonho da casa própria, ser pai...

– Um babaca avançou o sinal, Vini acabou perdendo o equilíbrio.

– Isso quer dizer que ele estava empinando a droga da moto – afirmei, sem precisar de confirmação, com minha voz endurecendo a cada palavra.

– Também quer dizer que ele estava sem prática. Caso contrário, não teria se assustado tão fácil.

– Sem prática... – desdenhei enquanto voltava a tocar o cabelo de Vin. – Fala sério, ele anda mais sobre uma roda do que em duas. Sempre encheu a boca pra falar que essa idiotice é mais do que um hábito, é um estilo de vida. Seja lá o que isso signifique.

– Ele não tá mais nessa vibe, Vivian. De verdade. – Xandy se ajeitou na cadeira, querendo passar a impressão de seriedade.

Como se algum dia eu tivesse levado algum dos amigos de Vinícius a sério. Eles eram a definição de má influência. Foram a razão do meu ex se enveredar pelo caminho das "acrobacias motociclísticas", como ele tanto gostava de falar. Para mim não passava de um título bonito para o ato de colocar a vida em risco, sem nenhuma proteção, a troco de absolutamente nada. Um tremendo desperdício.

E veja só no que deu.

– Claro que a vibe mudou – encarei as máquinas que o mantinham vivo –, não dá pra empinar moto quando se está indo de arrasta pra cima.

Depois desse comentário um pouco sarcástico, não aguentei. Aos pouquinhos fui abaixando a cabeça até encostar a testa na fortaleza que costumava ser o peito dele. Se o pior acontecesse, seria difícil me acostumar a não poder recorrer a Vinícius nos momentos de fraqueza. No meio da inconsequência, havia muita coisa boa. Em especial um coração de ouro, que agora eu ouvia batendo e não sabia dizer se estava no ritmo certo.

Por mais que tentasse, não conseguia deixar de gostar dele. Na verdade, gostar nem era a palavra certa. Era algo mais forte, que eu sabia muito bem como chamar. Só tinha medo de dizer as palavras depois de tudo que ele me disse quando terminamos. Mas, levando em consideração que algo horrível poderia acontecer sem que eu tivesse a chance de ser fiel aos meus sentimentos, resolvi falar.

– Vin, eu...

Uma lágrima teimosa fugiu do meu olho e foi parar no avental fino que ele vestia antes que eu tivesse a chance de contê-la. Superinconveniente, porque com a vista embaçada não dava para identificar se o tecido tinha uma boa absorção. Não que isso importasse diante da enormidade do risco de perdê-lo, mas eu tinha essa tendência de me apegar aos detalhes quando não conseguia resolver o problema principal.

Porém, no meio da minha reflexão sobre as propriedades absorventes do tecido, a magia aconteceu. Senti algo pesado e bruto se afundando no meu cabelo. Fazia tempo que não sentia essa sensação. Mas era capaz de reconhecer o toque da mão calejada de Vinícius em qualquer lugar. Até mesmo quando estava com o rosto pressionado contra o peito dele e fios de cabelo não eram partes do corpo particularmente reconhecidas por sua sensibilidade ao toque.

— Você falou mesmo pra ela que eu tava morrendo? — A voz dele saiu fraca, rouca, mas não deixava dúvidas de que a pergunta não se direcionava a mim.

E tampouco condizia com o clima de morte iminente que tinha me colocado naquela situação.

— Existia outro jeito de trazer ela aqui? — Xandy, o real alvo das primeiras palavras de Vinícius, argumentou. — Fiz o que pude, cara.

Levantei num pulo. Vinícius esticou a mão para tentar me segurar, mas seus reflexos não estavam lá essas coisas. Ainda bem.

— Peraí, Viv. Tava gostoso você aqui pertinho. Com certeza ia me ajudar a sarar.

— O que vai te ajudar é colocar um pouco de juízo nessa sua cabeça — rebati, dando um passo para trás, pronta para bater em retirada.

— Eu tô tentando... Xandy não te contou?

— Nada que sai da boca dos seus amigos me interessa. — Me afastei mais um pouco, sem perder a oportunidade de lançar um olhar ferino para Xandy, aquele salafrário. — Até porque, na maioria esmagadora das vezes, não passam de mentiras descaradas.

— Vivian, pro seu governo, minha cara tá bem aqui no lugar. — Xandy ousou lançar mão de um argumento digno do sexto ano.

Não acreditei que tinha sido tão idiota a ponto de desmarcar clientes para fazer parte dessa palhaçada. O pior era que, para eles, tudo não passava de uma grande piada. Vinícius mal aguentava abrir os olhos — provavelmente dopado para aguentar a dor de ter se machucado inteiro por cair de moto mais uma vez –, mas seu sorriso estava aberto na potência máxima. Branco e brilhante. Nem parecia que tinha três obturações nos dentes de trás, coisa que dava uma bela metáfora sobre como as aparências enganavam. E como eu tinha sido trouxa por me deixar levar por uma perna imobilizada e meia dúzia de fios.

– Da próxima vez, só me chamem quando o velório estiver com a data marcada – disse, antes de me virar e ir embora, mais determinada do que nunca a manter distância daquele garoto e toda a atmosfera de perigo e confusão que ele trazia consigo.

3

— Demorou, minha filha! – Ouvi lá da cozinha assim que abri a porta da sala.

– Pois é, vó! Dia puxado!

Larguei minha bolsa no braço do sofá e deixei meu corpinho cair na extensão do assento. Ocupei os três lugares com todo o meu cansaço. Meu braço latejava. Se eu não me cuidasse direitinho, poderia acabar tendo uma tendinite no ombro e, consequentemente, perdendo o dia seguinte de trabalho. Não estava podendo me dar a esses luxos, cada centavo contava. Tinha muitas ambições e todas elas requeriam uma boa quantidade de dinheiro. Uma renda constante e, se possível, muito boa.

Não queria trabalhar para os outros pelo resto da vida. Meu plano era abrir uma clínica de estética chique no último, bem aqui onde morava, no Subúrbio do Subúrbio carioca. Estava estudando pra isso. E combinando de formar uma sociedade com Layana.

Era um esforço diário. Mas, no que dependesse de mim, ninguém mais precisaria percorrer quilômetros e mais quilômetros para conseguir tratamentos de beleza de qualidade. Eu ofereceria tudo do bom e do melhor, retribuiria tudo que essa comunidade me deu. Descobri que isso era o que eu queria fazer antes de descobrir *o que* exatamente eu queria fazer da vida.

Por isso, assim que criasse forças, faria uma compressa de água quente no meu pulso. Também precisaria tirar energia, embora não soubesse de onde, para estudar. A prova de amanhã não iria se responder sozinha, principalmente levando em conta minha determinação de ser a melhor aluna da turma.

– Teve que aturar muitas dondocas? – vovó perguntou lá da cozinha.

– Até que não – falei, me lembrando da menina que atendi por último. – Foram só depilações trabalhosas mesmo.

– Virilha cabeluda?

– Vó! – Segurei a risada, não tão bem quanto gostaria. – Não vou te dar detalhes dos pelos pubianos das minhas clientes! É antiético!

– Por esse discursinho deu pra perceber que foi isso mesmo – ela cantou vitória.

– Dona Lizette, Dona Lizette... – Uma voz inesperada se intrometeu na conversa.

– A Minnie não fala português! – Outra vozinha se juntou ao diálogo.

Levantei do sofá, ignorando o protesto dos músculos. Avancei pelo corredor que levava à cozinha o mais rápido que pude. Tudo para confirmar minhas suspeitas do pior jeito possível: vovó não estava sozinha ao me pressionar para revelar detalhes sobre a virilha das minhas clientes, também tinham uma criança inocente e um cara fantasiado de Minnie Mouse como companhia.

– Dinda Vivia! – Michelle exclamou assim que me avistou.

Era, de longe, a mais esperta do trio. Correu para abraçar as minhas pernas. E, mesmo estando pê da vida por ter cometido um deslize ético, afaguei os cabelos da minha afilhada, que também era sobrinha, com a maior delicadeza. Não resistia àquela criança, era tudo que eu tinha de mais precioso na vida.

– Oi, Viv...

O rapaz fantasiado de Minnie, no entanto, era o extremo oposto, tinha feito um estrago imenso na minha vida e bagunçado minha autoestima. Como depois de ouvir a última que ele aprontou minha avó teve a coragem de deixar ele entrar nessa casa? Olhei para ela em busca de uma resposta. Porém, dona Lizette se limitou a dar um sorriso animado, como se houvesse motivo para festa ali. Não havia. Aliás, muito pelo contrário.

– Não é cedo demais pra alguém que estava à beira da morte até semana passada ter alta?

– Você sabe que foi zoeira do Xandy. – Ele simplesmente deu de ombros. Como se eu perder uma tarde inteira de trabalho por causa daquela palhaçada não fizesse muita diferença. Quer dizer, para ele com certeza não fazia. Eu estava *cansada* de saber que precisava lutar sozinha pelos meus interesses, mas às vezes doía internalizar isso.

– Em Minês! – Michelle se jogou em cima dele, fazendo a muralha que era aquele homem estremecer.

Ele se segurou na mesa em busca de equilíbrio, o que, por consequência, fez a térmica e a jarra de refresco dançarem na superfície, ameaçando cair. Incrível como ter uma perna engessada até quase a virilha afetava por completo o porte de uma pessoa. Se Michelle tivesse feito essa manobra semana passada, estaria sendo lançada ao ar em piruetas mirabolantes, guiada pelos braços de Vinícius sem quase nenhum esforço.

– Não pedi pra Xandy mentir pra você. Só queria que você fosse lá – Vinícius falou, numa voz extremamente aguda e ligeira, que deveria configurar como minês, o idioma da Minnie Mouse, segundo minha afilhada.

– Bem melhor! – Michelle elogiou.

Eu não tinha nada a declarar, estava de saco cheio daquela história, Vinícius já tinha me machucado demais. Além do mais, eu tinha mais o que fazer, músculos de um braço inteiro para relaxar. Concentrei-me em ir até o congelador pegar uns cubos de gelo para fazer uma compressa. Não tinha muito conhecimento técnico sobre como aliviar dores musculares, mas tinha a impressão de que temperaturas extremas ajudavam. E, como meu interior estava *fervendo* de raiva por conta da presença do meu ex-namorado na cozinha, dei prioridade ao frio.

– Mas agora a Minnie vai ter que voltar pra Disney, porque o tio precisa ter um papo sério com sua dinda. – Vinícius tirou o arco da cabeça e devolveu para a criança.

– Que saco! – Michelle exclamou, revelando estar bem mais próxima do meu estado de espírito do que eu previra.

– Olha a boca, Mixi! Vai querer que eu passe pimenta nela? – vovó ameaçou, brandindo um vidro de molho de pimenta, para criar impacto.

Não sabia como vovó tinha feito para sacar um frasco de molho de pimenta com tanta rapidez. Mas minha afilhada tapou a boca com as duas mãos e fez que não com a cabeça várias vezes, numa velocidade acelerada. Do tipo que me fazia ficar apreensiva com a possibilidade de a cabeça da criança acabar se desatarraxando de seu corpinho. Sentimento que competia que era uma beleza com a preocupação com esse papo sério que Vinícius inventou do nada.

Francamente, não tínhamos nada para conversar, ele fora bem claro sobre o que pensava a meu respeito no dia em que terminamos e eu tinha uma compressa de gelo para fazer. Os cubos começaram a virar água na minha mão. Ou será que era apenas suor?

Não tive a oportunidade de verificar, pois, antes que eu fizesse qualquer coisa, minha avó virou para Michelle e disse:

– Vamos dar uma licencinha pros dois? Vem com a bisa.

Ela estendeu a mão para minha afilhada. Mas acabou que fui mais rápida, passando o meu braço livre pelos ombros da criança, forçando-a a ficar onde estava.

– Nada disso, não tenho tempo pra papo. Tô cheia de coisa pra fazer.

– Mas, Viv... – Vinícius tentou argumentar, achando que aqueles olhos de gatinho do Shrek iriam me comover.

Ledo engano! Já passei dessa fase. Era hora de me concentrar em mim, nos meus objetivos, no meu braço dolorido.

– Nem *mas*, nem meio *mas*. Não era nem pra você estar aqui.

– Mas ele vai *ficar* aqui – Michelle falou enquanto colocava o arco da Minnie na própria cabeça.

– Finalmente um homem invadindo a casa das cinco mulheres – ele teve a cara de pau de completar.

– O quê?! – Os cubos de gelo escorregaram da minha mão.

– Olha pra ele, Vivian – vovó se intrometeu, esticando a mão para dar uma apertadinha no ombro de Vinícius. – Como ele vai subir as escadas pra casa dele nesse estado?

– Pensasse nisso antes de ficar andando sobre uma roda só – rebati ao ir em busca de um pano para dar um jeito no gelo derretido pelo chão.

Era assim que pessoas adultas agiam, aprendendo a se virar. Eu não estava cobrando nada absurdo. A vida exigia isso de todos. Não entendia por que vovó e Michelle pareciam tão chocadas.

– Que crueldade... – vovó resmungou. – Sua mãe não te criou assim.

– Não mesmo – concordei. – Certas coisas eu tive que aprender sozinha.

– Não me interessa o que você aprendeu ou deixou de aprender. – Vovó abanou as mãos no ar, como que para afastar minha sensatez do cômodo. – Vinícius vai ficar aqui e pronto, não só porque não tem condições de subir as escadas com a perna engessada desse jeito, como também porque ninguém tem a menor condição de instalar um elevador que leve ele pro segundo andar.

– Minha mãe não vai gostar nadinha disso – argumentei. – Mal cabe nós cinco nessa casa.

– Na verdade, Viv... – Vinícius começou a se justificar, tentando colocar a mão no bolso da calça, mas impossibilitado pelo ângulo que sua perna ficava no banquinho.

– Aqui é coração de mãe, sempre cabe mais um – vovó fez questão de o tranquilizar, muito embora ele não parecesse muito nervoso. – E para o seu governo, Vivian, foi sua mãe que deu a ideia. Não é à toa que eu morro de orgulho do espírito altruísta da minha filha.

– E da sua bisneta também! – Mixi pulou para cima e para baixo, fazendo seu arco da Minnie, que estava frouxo desde que Vinícius o colocou na cabeça, cair sobre os olhos dela.

– Claro que da minha bisnetinha favorita também. – Vovó ajeitou o adorno na cabeça de Mixi e me lançou um olhar enfezado.

Aquele olhar passava a mensagem de que o assunto estava encerrado, que nada que eu fizesse ou dissesse faria diferença ali. Vinícius passaria um tempo com a gente e ponto. Não importava o quanto eu odiasse dividir meu teto, família e privacidade com ele.

Ninguém que morava comigo entendia direito o porquê de a gente ter terminado, muito embora estivesse tão claro quanto água para mim. Todas elas eram baba-ovos daquele garoto, por mais inconsequente que ele fosse.

Por essas e outras que eu precisava abrir minha clínica de estética o quanto antes, só assim eu teria condições financeiras para ir morar em outro lugar e ter direito de viver de acordo com minhas próprias regras.

Tomar consciência da minha impotência diante daquela situação foi uma sensação revoltante. Tanto que joguei os cubos de gelo que recolhi no chão com toda a força dentro da pia. Michelle deu um pulinho assustado, vovó fez um *tsc-tsc* decepcionado, enquanto Vinícius se limitou a dar um sorriso cínico ao dizer:

– Vi que seu arremesso não foi tão bom quanto costumava ser. Aconteceu algo com seu braço? Quer uma massagem?

Saí da cozinha sem lhe dirigir a palavra. Que audácia a dele julgar meu arremesso naquele momento de raiva causado justamente pela presença dele! Que falta de noção me oferecer uma massagem assim na frente dos meus familiares, principalmente com uma criança presente. Talvez para Michelle e vovó tivesse soado uma oferta inocente, mas eu, que conhecia muito bem o teor incendiário das massagens dele, achei uma pouca vergonha.

4

Resmungos e grunhidos invadiram meu soninho de princesa. Eram sons dignos de pesadelo, porém altos o suficiente para me despertar de qualquer aventura onírica que eu estivesse curtindo. Esfreguei os olhos, tentando me defender da luz da manhã, e me espreguicei para trazer meus músculos de volta à vida, mas uma nova rajada de sons atrapalhou o processo.

Aquilo definitivamente estava acontecendo no mundo real, em algum lugar nas proximidades do meu quarto. Levantei meio grogue para tentar investigar do que se tratava.

Mas um segundo após abrir a porta, tornei a fechar. Droga, esqueci que o pesadelo habitava a sala da minha casa. Que momento infeliz para ter a porta do quarto dando diretamente de frente para o sofá. Se eu tinha visto Vinícius se revirando em busca de uma posição confortável, ele com certeza também me viu de cabelo para o alto e *baby doll* surrado.

Minhas suspeitas se confirmaram em poucos instantes, mal deu tempo de me afastar da porta antes de ouvir:

– Viv, vem cá, rapidão.

Dei um passo para trás enquanto passava as mãos pelo cabelo na tentativa de ajeitá-lo de volta no rabo de cavalo. Estava tão embaraçado que meus dedos engancharam nos nós.

– Por favor – ele acrescentou ao pedido.

Suspirei, prendi tudo num coque apressado enquanto ia em busca de uma roupa mais aceitável.

– Peraí! – gritei enquanto encarava uma pilha de tecidos embolados que se amontoava na cadeira da escrivaninha.

Aquilo estava uma zona, eu precisava colocar tudo no seu devido lugar com urgência. Mas antes precisava trocar de roupa.

Ao mesmo tempo, fala sério, eu ia *mesmo* gastar minha energia elaborando um *look* para ir até a sala da minha própria casa, a meros cinco passos de distância? Já foi o tempo! Nem que fosse Natal! Peguei um vestido do fundo da pilha – mais esmigalhado impossível – e sequer alisei o tecido antes de vesti-lo às pressas e sair do quarto.

– O que foi? – perguntei, de má vontade, ao encará-lo.

– Eu tô quebradaço – ele reclamou, com uma careta de dor ao se remexer, ainda deitado no sofá.

– O que eu tenho a ver com isso? – quis saber ao ignorar os movimentos do seu corpo. – Pensasse melhor antes de...

– Tudo a ver – ele interrompeu minha lição de moral, que, para ser sincera, não continha nenhuma novidade –, porque você pode me ajudar. Tem as ferramentas perfeitas pra isso.

– Eu não tenho nada. – Abri os braços para mostrar que não trazia nada comigo, nem sequer o celular. – O mecânico cheio dos apetrechos aqui é você.

– Tô falando das suas mãozinhas de fada. – Ele as indicou com a cabeça. – Só uma das suas massagens pra resolver o torcicolo que consegui ao passar a noite nesse sofá.

– Se você tá insatisfeito com as acomodações disponíveis aqui em casa, fique à vontade pra voltar pra sua.

– Isso quer dizer que você vai me ajudar a subir? – Um sorriso sacana se formou em seus lábios. – Bem que eu vou gostar de me escorar em você ao longo dos degraus.

– Por que você não pede pros seus amiguinhos te fazerem

esse favor? – sugeri, cruzando os braços. – Eles são muito melhor preparados pra esse tipo de atividade do que eu. Aliás, segundo você mesmo, eles são melhores que eu em tudo.

– Não foi isso que eu quis dizer – Vinícius tentou se defender.

– Mas foi o que eu entendi.

– O que eu disse foi...

– Eu não quero saber. – Sacudi os ombros a fim de deixar esse assunto para trás.

O passado pertencia apenas ao passado e era lá que nosso namoro morava, debater essa questão mais uma vez não traria nada de bom. A presença dele aqui tampouco trazia, eu não sabia por quanto tempo aguentaria a convivência – tinha a leve impressão de que seria bem pouco.

– Tudo bem, não é papo pra agora. – Vinícius interrompeu minhas estimativas declarando o óbvio: – O foco é a massagem, será que você não pode fazer? Tô realmente necessitado, Viv.

Nem precisei me dar ao trabalho de responder, pois a porta mais adiante no corredor se escancarou e de lá saiu Michelle, gritando:

– Eu posso, eu posso, eu posso!

Vinícius fez uma careta de dor ao se virar para encará-la.

– Pode o quê, pequena?

– Fazer a massagem! – Ela se prontificou com pulinhos. – Pode ser aquela que caminho em você?

A careta dele se intensificou, assim como minha vontade de rir. A massagem com os pés que Michelle amava proporcionar não passava de um sapateado nas costas da pobre pessoa que concordava em recebê-la. Esse era um dos muitos casos em que tamanho não era documento. Apesar de a minha afilhada ser um pingo de gente de apenas cinco anos, a força aplicada por ela em suas famigeradas massagens poderia ser comparada a um trator de pequeno porte.

– Pode ou não pode? – Meu tratorzinho bateu o pé no chão, mostrando sua força e cobrando uma resposta de Vinícius.

– Então, Mixi... – Ele coçou a barba por fazer e lançou um olhar arregalado para mim.

Me compadeci do seu desespero. Pois, para se submeter à massagem especial de Michelle, a pessoa precisava estar mais do que preparada física e mentalmente. Não era o caso dele no momento. Aliás, estava longe de ser. Mas não havia nada que eu pudesse fazer.

Por sorte, Vinícius contava com uma horda de defensores. E um deles era a minha mãe, que veio sorrateira pelo corredor e apareceu na sala antes que algum de nós três nos déssemos conta.

– Qual é o papo? – ela perguntou, toda sorrisos para nosso visitante indesejado.

Indesejado por mim, no caso.

– O tio Vini tá precisando de uma massagem – minha afilhada informou. – *Necessito* encontrar minhas meias antiderrapantes! Acho que mamãe escondeu em uma das gavetas altas, vou precisar pegar o banquinho.

Ela saiu saltitando de volta para o quarto que dividia com minha irmã enquanto minha mãe franzia o vão entre as sobrancelhas, o que, francamente, era uma das poucas maneiras pertinentes de encarar a situação, embora acentuasse a necessidade de ela aplicar botox na área.

– Ninguém precisa da sessão de pisoteio que Mixi chama de massagem – minha mãe constatou.

– Pois é... – Vinícius se sentou no sofá com muito esforço e grunhidos. – Ela entreouviu minha conversa com Viv e se empolgou com a possibilidade de uma nova vítima. Mas hoje eu tô sem condições de performar essa boa ação. Acordei com um baita torcicolo e as costas cheias de nós.

– Culpa de Vivian, aposto – minha mãe sentenciou, de imediato.

– Por onde anda o conceito de amor materno incondicional dessa casa? – perguntei, mais para mim mesma do que para os outros participantes da conversa.

A sensação de que comecei a manhã com o pé esquerdo se abateu sobre mim antes mesmo de colocar o pé para fora de casa. Aliás, que horas eram? Me recusava a chegar atrasada na aula por causa das dores de Vinícius. Tinha plena consciência de que o torcicolo dele não era minha responsabilidade, independentemente do que minha mãe achasse.

– Deve estar lá no quarto da sua irmã – minha mãe sugeriu, sobre o paradeiro do amor incondicional nessa casa –, que com certeza tá procurando as meias antiderrapantes de Mixi pra que ela possa vir aqui performar um delito nas costas desse pobre menino.

Vinícius soltou um gemido, acho que foi involuntário. Mas a bufada que dei foi totalmente intencional. Para minha mãe, meu ex-namorado ainda não passava de um menino, enquanto eu, filha de seu ventre, já era vista como uma mulher-feita desde que completei a maioridade.

Justiça não era o forte dessa casa. Nem desse mundo. Por isso, dei as costas e comecei minha caminhada até a cozinha. Só um leite achocolatado para adoçar minha vida no momento. Além do mais, precisava descobrir as horas para decidir a velocidade com que precisava me arrumar. Tinha dias que não dava tempo nem de me maquiar. Eu esperava que esse não fosse um deles. Tinha tendência a ficar com placas vermelhas no pescoço toda vez que me enervava. Com certeza precisaria de múltiplas camadas de corretivo hoje para não sair por aí parecendo uma salamandra. Era melhor apertar o passo.

– Onde você pensa que vai? – Minha mãe estendeu o braço, interrompendo meu percurso antes que eu alcançasse o corredor.

– Uhn, tomar café da manhã? Me arrumar? Ir pra aula? – Dei inúmeras opções, na esperança de que ela não enchesse meu saco.

Afinal, sonhar não custava nada.

Mas acabou que a coisa ficou no campo da imaginação mesmo, porque minha mãe me pegou pelo ombro e me virou de frente para Vinícius.

– Você não tem pena dele, não? – ela perguntou.

– Vou falar que tenho só pra você me deixar seguir com a minha vida.

– Não senti verdade na sua afirmação, Viv – Vinícius teve a cara de pau de opinar.

– Não tem problema – minha mãe falou. – Não preciso de verdade. Só preciso que você ceda sua cama pro adoentado dormir com o mínimo de conforto. Já não basta ele não conseguir mexer uma perna?

– Eu não sei nem o que dizer. – Comecei a esfregar meu pescoço, provavelmente piorando a situação das placas.

– Diz *sim*. – Vinícius deu de ombros. – Não vai ser a primeira vez que a gente divide a cama. E nem a última, se Deus quiser.

– Ele não vai querer uma coisa dessas – rebati, em puro estado de choque. – Ele ama as pessoas e quer o *melhor* pra elas.

– Desde quando você virou religiosa, Vivian? – minha mãe quis saber, largando meus ombros para colocar as mãos na cintura.

– Desde hoje – respondi. – Sinto que vou precisar de ajuda divina pra continuar vivendo nessa casa.

– Tão dramática, meu Pai... – Minha mãe levou as mãos para o céu, deixando uma clara evidência de onde eu tirei toda aquela dramaticidade.

Aproveitei sua prece para seguir para a cozinha e preparar meu leite achocolatado. Agora já não tinha certeza se um único item alimentício seria capaz de adoçar meu dia. Era melhor eu entupir a mistura de açúcar para pelo menos *tentar* conseguir atingir o resultado.

5

Desabei na cadeira ao lado de Layana.
– Pre-ci-so sair de casa. *Com urgência*. Não dá mais.

Depois de muito perrengue no transporte público e uma caminhada para lá de furiosa, consegui chegar ao curso antes do professor. Ufa! Minha respiração estava irregular e tinha chumaços de cabelo grudados na testa, mas nada disso importava para quem tinha como principal objetivo de vida não perder nem um minuto de aula. Afinal, a mensalidade não era barata. E só de pensar na chegada do boleto minha temperatura corporal baixava, beirando a hipotermia.

Mas minha aparência depauperada não inspirou a compaixão da minha amiga, que se virou na minha direção e apenas perguntou:

– Tem certeza?! Não é tão fácil quanto parece.

– ABSOLUTA! – praticamente berrei para todo mundo ouvir, até quem não tinha interesse em saber da minha necessidade de me mudar. – Tô preparada pra lavar banheiro, tirar resto de comida do ralinho da pia, o que for. Aliás, não é nada que eu já não faça na casa da minha avó.

– Se você tá dizendo...

O tom de descrença de Layana soou como um alarme de incêndio na minha cabeça. Por um acaso aconteceu algo que eu não estava sabendo? O que tava rolando?

– Pensei que estivesse mais do que satisfeita dividindo o apê com Mariana. Você me disse logo no primeiro dia de aula que ela era o amor da sua vida, que agora que vocês finalmente conseguiram ficar juntas nada nem ninguém as separaria. Por favor, não vem estragar a melhor referência de amor verdadeiro que tenho a essa hora da manhã! Tô sem psicológico pra isso!

Meu desespero foi tão espalhafatoso que Layana levantou as sobrancelhas e me olhou assustada. Talvez eu tivesse me excedido nas exclamações, possivelmente aquilo era reflexo de todo o estresse que passei antes de chegar ali. Conviver com Vinícius e ter que assistir o bonito fazendo minha família cair pouco a pouco na lábia dele era tão desestabilizante quanto imaginei que seria. Meu maior medo era que eu fosse pelo mesmo caminho, como tinha ido em ocasiões anteriores, apesar de todos os pesares.

Mas nenhuma das minhas questões internas fazia diferença para Layana, que apontou o queixo na minha direção e falou:

– Calma, tá tudo bem entre a gente. Às vezes a gente tem umas briguinhas, mas isso não significa que vamos terminar. Não é assim que relacionamentos saudáveis funcionam, quer dizer...

Me remexi na cadeira, desconfortável. O comentário dela me trouxe a distinta impressão de que eu sabia muito pouco sobre como manter um relacionamento saudável. Coisa que eu já tinha ouvido antes, mas vindo da boca de uma amiga que pensei que me apoiava incondicionalmente foi um banho de água fria cheio de cubinhos de gelo dentro.

– Eu não quis insinuar que... Você e Vini... – Lay tentou se explicar, o que, na minha opinião, tornou as coisas ainda piores.

Será que ela concordava com a teoria de Vinícius? Será que ele estava *certo*?

– Tudo bem, relaxa. – Agitei as mãos em desespero, nada relaxada. – Todo mundo tem direito a ter uma opinião.

Depois de voltar da fatídica visita ao hospital, espumando de raiva, acabei parando na casa de Layana e Mariana e desabafando sobre o que tinha acontecido entre Vinícius e eu – tanto sobre a peça que ele e Xandy tinham acabado de me pregar, quanto sobre os detalhes sórdidos do fim do nosso relacionamento. As meninas tinham ficado de cabelo em pé, imaginei que tivesse sido por conta das acusações pavorosas que coroaram o nosso término, nunca tinha me passado pela cabeça que elas concordariam com algumas barbaridades ditas pelo meu ex-namorado.

Isso meio que acabou comigo, mas tentei não transparecer. Embora não soubesse se estava dando certo.

– Não foi isso que eu quis dizer, juro – ela insistiu, esticando-se para alcançar minha mão e apertá-la.

Não tive a presença de espírito para retribuir o gesto, minha mão ficou inerte, tal como uma lesma desacordada. Layana deu um suspiro desapontado bem profundo, a ponto de eu repensar minha atitude e acabar apertando a mão dela – só um pouquinho. Afinal, ela era basicamente minha única amiga, eu não podia me dar ao luxo de perdê-la por algo que ela sequer tinha dito com todas as palavras, mas que eu completei com base na minha própria neurose.

– Eu sei que não – enfim cedi –, só tô mais sensível que o normal, deve ser culpa da astrologia.

– Já cogitou a possibilidade de estar assim porque a convivência com seu ex bagunça seus sentimentos? – Layana indagou, sem medo do perigo.

Fingi não perder o rebolado ao erguer o queixo e proclamar:

– Não, nem me passou pela cabeça, porque eu e Vinícius não temos mais nada a ver. Ele não serve mais nem pra eu jogar a culpa da minha frustração, prefiro colocar na conta de algum planeta qualquer. O primeiro que eu vir retrógrado.

Lay riu e uma onda de alívio me percorreu. Nossa amizade iria sobreviver ao breve momento de turbulência que criei. Até porque precisávamos concluir essa discussão seríssima.

— Culpar a astrologia é sempre muito melhor do que se responsabilizar pelos seus próprios atos, né?

Assenti meio a contragosto, voltando a sentir certa instabilidade no ambiente. Pensar em assumir as consequências dos meus atos era algo que me desestabilizava um pouco.

— E eu tenho certeza de que você vai achar um planeta pra culpar pela sua frustração — Layana assegurou.

— Tomara... — torci, sem muita convicção. Me remexi na cadeira para tentar afastar o incômodo, não funcionou. Por mais que Layana não tivesse falado nada de mais, o que ficou subentendido dava um nó na boca do meu estômago. Me forcei a raciocinar, talvez o que tivesse ficado subentendido fosse uma interpretação da minha parte. Porém, o jeito como minha amiga se apressou para desfazer o mal-entendido só me provava que eu tinha entendido certo. Ainda que eu não tivesse compreendido a mensagem da primeira vez, quando Vinícius me acusou.

— Fique ciente de que não é todo mundo que consegue sair de baixo da asa dos pais com vinte e dois anos... — Layana interrompeu minha linha de raciocínio aterrorizante para me apresentar outra tão pavorosa quanto.

— *Você* conseguiu — pontuei, satisfeita por poder deixar de lado o lance esquisito com Vinícius.

— Só porque deixei de ser bem-vinda na casa deles depois que saí do armário, né? Me admira eu ter que te relembrar desse pequeno detalhe, nem parece que foi obrigada a me aguentar duas semanas morando na sua casa, dormindo na sua cama quando a gente mal se conhecia, até Mariana e eu conseguirmos alugar nossa quitinete...

– Foi mal, sei que não foi fácil, sua família pisou muito na bola com você. Fico com raiva deles até hoje, não gosto nem de lembrar... – falei, levantando a mão de forma apologética.

– Nem eu. – Ela cruzou os braços em volta do corpo, como quem queria se proteger do perigo.

Nenhuma das duas falou nada por um tempo, a algazarra dos demais alunos preencheu o espaço entre a gente. Meu desconforto crescia cada vez mais, hoje só estava dando bola fora. Vacilo atrás de vacilo. A vontade de me esconder num buraco veio com tudo dentro de mim. O problema era que nem um buraco para chamar de meu eu tinha. Puta merda.

– Deixa pra lá. – Layana deu de ombros. – Eles estão absorvendo a informação no tempo deles. Te falei que minha mãe convidou a Mariana e eu pra tomar um café?

– Sério?!

– Aham, mas aposto que ela vai passar o tempo todo reclamando das comidas servidas no local que ela mesma escolher. É sempre assim.

– Por que ela faria isso em vez de aproveitar o momento com vocês duas?

– Bom, porque na verdade ela realmente cozinha melhor do que a maioria dos estabelecimentos alimentícios que frequenta – Layana explicou. – Além disso, não tem taaantas saudades assim pra matar, a gente vem conversando bastante por mensagens e ela vem mandando cada vez mais recados pra Mariana.

– Isso é ótimo! – Não contive minha empolgação ao dar uma quicada na cadeira.

– É... – Layana não parecia tão animada quanto eu. – Só gostaria que não tivesse demorado tanto.

– Mas é aquilo que você falou, né? Cada um tem seu tempo.

E, por falar em tempo, aquele foi o momento exato em que o professor Batires adentrou na sala com sua maleta repleta de lâminas bem afiadas. Ele comandava a matéria de cortes de cabelo e tinha um talento especial para fazer malabarismo com as tesouras.

Eu tinha a teoria de que ele era também um artista circense, e minha suspeita se concretizava um pouquinho mais aula após aula. Especialmente quando ele rodopiava uma navalha em cada mão e falava:

– Bom dia, minhas belíssimas gotas de orvalho! Estão prontes pra adentrar no mundo mágico do corte masculino?

A maioria dos alunos afirmaram com a cabeça. Os mais extrovertidos soltaram um gritinho animado. Eu, no entanto, não me sentia nem um pouco pronta, pois entrar no módulo de corte masculino significava que, ao final dele, teríamos que executar um dos cortes aprendidos numa cobaia. E, por mais que Layana fosse uma boa amiga e tivesse concordado em ser minha modelo na etapa de corte feminino do semestre, eu duvidava muito que ela aceitaria que eu cortasse seu cabelo comprido em estilo batidinho, ou até mesmo com um topete sinuoso. E, como ela era minha única amiga e minha família era constituída exclusivamente por mulheres muito orgulhosas de suas madeixas, ao final desse módulo eu estaria ferrada.

Mas, ao abrir o caderno e selecionar os tons de caneta que usaria para essa nova etapa de estudos, decidi me preocupar com isso numa outra hora. Tinha preocupações mais urgentes na fila. Como, por exemplo, a possibilidade de as acusações de Vinícius sobre a falta de salubridade no nosso relacionamento serem verdadeiras.

Seria possível uma coisa dessas? Será que tinha chegado a hora de eu enfrentar o que quer que tivesse em aberto entre a gente?

Enquanto eu fazia um *lettering* com o título do módulo e esperava por um sinal do universo para saber como proceder diante das dúvidas que pairavam pela minha cabeça, o professor Batires fazia manobras perigosíssimas com as navalhas dizendo:

– Cortem tudo, tudo, tudo!

6

Um gemido interrompeu meu soninho de princesa. Virei na cama para tentar dar continuidade ao meu descanso, mas o barulho não cessou.

Vinha da sala. Mesmo com a porta do quarto fechada consegui identificar as notas de dor e sofrimento contidas nos sons emitidos. Também dava para ouvir as molas do sofá reclamando de tanto que Vinícius se mexia. Nem colocando um travesseiro sobre a cabeça eu consegui abafá-los.

Mas, a cada movimento dele, eu me lembrava de que nada daquilo era da minha conta, ele não era mais nada meu.

– Cacetinho de asa – ele resmungou lá fora.

E, por mais indiferente que eu estivesse tentando ser, não consegui conter uma risada. Quem falava *cacetinho de asa* em sã consciência? Será que isso queria dizer que ele tinha perdido a cabeça de tanta dor? Me parecia a única explicação plausível. Não que eu tivesse alguma coisa a ver com isso – continuava esperançosa de que conseguiria construir um muro ao meu redor, feito todinho de indiferença, pois nada me convinha mais naquela situação do que falta de interesse, de atenção, de cuidado....

– Viv? – ele perguntou, mandando meu esforço pelos ares.

Não respondi. Achei mais prudente ficar na minha, dar uma chance de o assunto morrer antes mesmo de começar.

– Eu *ouvi* você rindo da minha desgraça. Não adianta se fazer de Bela Adormecida agora.

– Não tô me fazendo de nada! – rebati, jogando as cobertas para o lado. – Muito menos de Bela Adormecida!

– Essa é boa! – ele riu, mas logo emendou num uivo de dor.

– Acha mesmo que não percebi você fingindo que eu não existo durante o jantar? Fala sério!

– Não é fingimento. Você realmente não existe pra mim.

Ou, pelo menos, era isso que eu me esforçava para acreditar todos os dias em que eu dava de cara com ele nos cômodos mais inusitados da casa. A pior vez foi quando eu estava no banheiro, na posição de ataque para arrancar um pelinho encravado do buço.

– E como você explica essa conversa que a gente tá tendo agora?

Pergunta capciosa, pensei com os meus botões. O meio da madrugada não era o melhor momento para uma conversa daquelas. Meus neurônios não estavam acordados o suficiente para ficar pisando em ovos à procura da melhor resposta.

Esse tormento tinha que parar. Por isso, e só por isso, me levantei e fui até a sala. Cheguei bem perto do sofá onde Vinícius tentava dormir e falei:

– Você me acordou com seu fuzuê.

– Não foi intencional, acredite – ele disse, cheio de petulância ao tentar se virar de costas para mim e falhar miseravelmente.

Sua margem de manobra naquele sofá era mínima. Quer dizer, já era difícil para um ser humano de tamanho normal se mover ali. Mas, para um homenzarrão nas proporções do meu ex-namorado, se tornava algo simplesmente impossível. Dava pena de ver. Nem o esforço para me manter indiferente a tudo relacionado a ele conseguiu me impedir de estender a mão e dizer:

– Parabéns, você ganhou. Pode ficar com minha cama.

– Quê?! – Ele parecia incrédulo. Ainda mais que eu.

– Topo tudo pra você parar com essa sinfonia.

– Tudo mesmo? – O cara de pau teve coragem de pontuar a frase com um sorrisinho sugestivo.

– Deixa de graça – ralhei num sussurro irritado enquanto sacudia a mão para ele aceitar logo de uma vez.

Não tinha a noite inteira, precisava acordar cedo na manhã seguinte. Nem todo mundo naquela casa estava de licença no trabalho.

– Calma – ele pediu ao segurar minha mão e fazer uma careta de dor.

Odiava quando isso acontecia. Todo mundo sabia que pedir calma era o principal gatilho para a situação sair dos trilhos. Por que continuar insistindo no erro?

– Anda logo – apressei, indo no caminho oposto ao da calma, exatamente como previra.

Ele grunhiu ao se sentar no sofá, apertou minha mão durante todo o processo. Precisou de alguns segundos para restabelecer a respiração antes de iniciarmos a etapa seguinte, na qual claramente precisaria de ajuda.

– Pronto? – perguntei ao encaixar o ombro embaixo do braço dele, numa manobra arriscada para tentar içá-lo.

– Podemos tentar no três – ele sugeriu ao passar o braço esquerdo por cima dos meus ombros. – Um, dois...

– Três! – completei junto com ele enquanto dávamos impulso.

Vinícius ficou de pé. Porém, o som que emitiu ao completar a missão me deixou com dúvidas se ele conseguiria se manter naquela posição por muito tempo. Na verdade, tive minhas desconfianças de que ele sequer aguentaria os próximos segundos.

– Tudo bem por aí? – Levantei a cabeça para ver se conseguia decifrar a expressão no seu rosto mesmo com as luzes da casa apagadas.

– Mais ou menos. Caminhando. Quer dizer...

– Seria bom se conseguisse caminhar – completei. – Quer que eu pegue suas muletas?

– Pode ser. Elas estão logo ali, na entrada. – Com uma nova sequência de grunhidos ele apoiou um pouco do peso em mim, o que impediu que eu me afastasse. – Se bem que, em termos de distância, seu quarto tá mais perto. Não acha que vai ser mais prático se você me levar até lá?

– Te carregar, por menos passos que seja, nunca vai ser algo que eu vou considerar prático. Olha o seu tamanho e olha o meu!

Por mais caótica que estivesse a situação com Vinícius parcialmente tombado em mim, senti um risinho expandindo o peito dele. Me abstive de tecer comentários, não estava achando graça nenhuma. A única coisa que conseguia sentir era a sobrecarga do peso dele sobre o meu, todo o resto parecia distante.

– Ai! – reclamei ao tentar escapar mais uma vez daquela armadilha.

Não obtive nem um centímetro de sucesso. O braço dele praticamente me pregava no chão. Um brutamontes de marca maior. Metade martelo, metade humano. Argh! Seria muito cruel dar um chega para lá nele? Isso confirmaria tudo de ruim que ele já tinha dito sobre mim? Ou seria apenas uma estratégia legítima de autodefesa?

– Se você me largar aqui pra ir pegar as muletas, eu não garanto que vou conseguir manter o equilíbrio – ele falou, meio ofegante.

– Vai ser só por alguns segundos – argumentei, louca para me afastar.

– Além dos minutos que vamos precisar pra você me ajudar a levantar do sofá novamente, né? Pensei no esforço que tínhamos acabado de fazer. Valia a pena colocar tudo a perder? Pior ainda, será que teríamos energia para repetir a façanha? Minha condição física tinha suas limitações. Exercícios intensos em horários inesperados com certeza era uma delas.

– Nunca subestime a praticidade que é ter os dois joelhos ao seu dispor – ele aconselhou, enquanto dava pulinhos com sua perna boa para se firmar melhor. – Cara, quem poderia imaginar que imobilizar uma única perna me travaria por completo?

– Tudo mundo – respondi ao me envergar para acomodar melhor o peso dele. – Ninguém mandou ficar empinando moto por aí. Palhaçada...

Dei um passo em direção ao quarto, aceitando minha sina de muleta humana. Sustentar parte do peso de Vinícius em movimento era bem mais desafiador do que quando ele estava parado. Contudo, quanto mais tempo eu levasse reclamando, mais demoraríamos para alcançar o destino. Com isso em mente, apertei o passo até o limite em que ele conseguia me acompanhar.

Não era fácil conciliar minha pressa com a baixa mobilidade de Vinícius, mas dei meu jeito. Entre os grunhidos dele e minhas respiradas fundas em busca de um grãozinho de fôlego, adentramos o cômodo. Mais alguns poucos passos e alcançamos o pé da cama. Agora, bastava ele arrumar um jeito de se deitar.

Eu, particularmente, achava que o caminho mais fácil para atingir tal objetivo seria deixando a gravidade fazer seu trabalho. Por isso, me afastei. Talvez, e isso eu não podia afirmar com certeza, tenha dado um empurrãozinho também, só para acelerar o processo.

Modéstia à parte, funcionou que foi uma beleza. Mesmo na penumbra pude ver Vinícius tombando com uma expressão assustada no rosto. Foi meio que uma delícia presenciar aquele segundo. Contudo, no instante seguinte, a coisa mudou completamente de figura. Não contava que ele fosse esticar os braços em busca de equilíbrio. Nem muito menos que suas mãozonas fossem agarrar meus ombros durante a queda. Não estava preparada para o tranco. E, como resultado catastrófico disso, acabei caindo junto, desabando desajeitadamente em cima dele.

O máximo que consegui fazer foi desviar da perna imobilizada. E me segurar para não fazer um escândalo.

– Porra, Vin, você tá de sacanagem comigo, só pode! – falei, usando toda força que habitava em meu ser para não elevar o tom de voz, mantendo em mente que o resto da casa dormia na maior paz.

– *Eu?!* – ele questionou, embaixo de mim. – Tem certeza?

Nem precisei espiar a expressão em seu rosto para saber que ele estava irritado, dava para sentir no timbre da sua voz e na cadência de sua respiração. Profunda e forte, tão quente que a qualquer momento poderia se transformar em labaredas.

– Cara, nada a ver você ter me puxado! – sibilei. – Eu te ajudei a chegar até aqui. Tô te fazendo um *favor* ao emprestar a minha cama.

– Nossa, muito obrigado por quase quebrar a única perna útil que eu tenho – ele desdenhou. – Tá com tanta pressa pra que eu saia logo daqui que quer me mandar de volta pro hospital, *é?*

– Foi um *acidente* – expliquei, embora não houvesse a menor necessidade.

– Eu vi muito bem a hora que você me empurrou!

– Fala sério, Vinícius. – Apoiei o braço no colchão para me levantar. – Só quis dar um impulso pra você se deitar mais rápido.

– Bom, funcionou. – Ele sinalizou nossa situação com a cabeça.

Dediquei um rápido olhar à bagunça que nossos corpos tinham se tornado na superfície do colchão. Uma cena difícil de assistir: minha perna entre as dele e nossos troncos grudados me traziam memórias de outra época, uma em que ficávamos assim por horas, por livre e espontânea vontade, passeando a mão pelo corpo um do outro – antes de as coisas virarem uma grande confusão.

Gostaria que o quarto estivesse ainda menos iluminado do que estava, assim eu não conseguiria ver o contorno dos músculos sobre os quais minhas mãos costumavam dar seu passeio diário. Mas, como não valia a pena mudar toda a arquitetura do quarto só por causa de Vinícius, me concentrei em arrumar forças para dar um jeito de sair dali.

Tinha a desconfiança de que não seria fácil, mas comecei pelo início, apoiando um pé no chão e torcendo para conseguir me afastar da tentação. Mas, às vezes, mesmo os times com as maiores torcidas perdem os jogos. Sei disso, porque sou Flamengo.

7

Acordei, mas não quis abrir os olhos. O despertador ainda não tinha tocado e resolvi me aproveitar da gostosura que era ficar de preguiça na cama, nem que fosse só mais uns minutinhos. Me aconcheguei melhor no travesseiro, sentindo sua solidez amparar meu peso, esfregando minha bochecha para me aproveitar da textura. Uma delícia.

Contudo, tinha algo fora de lugar naquele conforto. Meu travesseiro não costumava ter solidez nenhuma. Não paguei horrores num travesseiro espacial, desenvolvido por sei lá quem, para receber nada menos do que toda a maciez que a tecnologia podia oferecer. Abri os olhos e tudo ficou claro na minha mente, mais claro do que eu gostaria que ficasse.

Me lembrei de como as coisas se desenrolaram na madrugada passada, do absurdo da situação. Como se não bastasse eu ter caído por cima de Vinícius na cama, quando fui me levantar, ele tentou me impedir.

– Não tem a menor necessidade de você arrebentar sua coluna naquele sofá – foi o argumento que ele tinha usado. – Não desejo aquelas divisões de assento nem pro meu pior inimigo.

– Poxa, obrigada por me colocar nesse patamar... – agradeci, rolando para longe dele e torcendo para que o movimento também me distanciasse da decepção de figurar na lista de inimigos dele.

Nem tive coragem de argumentar, talvez ele tivesse seus motivos.

– Fala sério, Vivian. Modo de dizer. – Vinícius tentou apaziguar, mas já era tarde demais, a insegurança começou a pesar igual a um pedregulho no meu estômago.

Ele esticou o braço para segurar o meu, levei um susto danado. Me levantei da cama num pulo, batendo o calcanhar na quina do armário devido ao movimento brusco. Uma dor infernal percorreu meu corpo inteiro, embora só tivesse atingindo um lugar específico dele, acho que a topada acordou todos os pontos sensíveis dentro de mim.

– Puta que pariu! – reclamei. – Cacetinho de asa.

Comecei a pular num pé só, pouco me importando com o quanto a cena poderia parecer ridícula sob o ponto de vista de Vinícius. Mas, ao mesmo tempo, agradecendo à escuridão que reinava no quarto.

– Minha mãe que dizia isso, *cacetinho de asa*, quero dizer – ele contou. – Eu achava um xingamento de péssimo gosto. Surpreendi a mim mesmo quando me peguei usando. Tipo aquela vez que comecei a entrar na sua de usar voz de bebê.

– Isso foi há muito tempo... A gente era praticamente criança.

– A última coisa que eu queria lembrar naquele momento era da nossa adolescência, e muito menos o quanto a gente era fofo um com o outro no início do nosso namoro.

Massageei a parte atingida e a dor começou a aliviar. Contudo, várias outras partes ficaram tensas quando ele continuou:

– Mas, sério, Viv, não tem por que você ir dormir lá no sofá. Dá pra dividirmos a cama, cabe numa boa, a gente tá cansado de saber.

– Agora é diferente – relembrei.

– Claro que é – ele concordou, fazendo com que meu coração se apertasse mais um pouquinho. – Tô com uma perna imobilizada, não tem como fazer *nada* do que eu costumava fazer, pode ficar tranquila quanto a isso.

Assenti, embora não fosse àquilo que eu estivesse me referindo, mas, agora que ele tinha mencionado, não conseguia pensar em outra coisa. Aumentei a intensidade dos movimentos, esperava que o movimento repetitivo com a cabeça levasse embora as lembranças do que ele costumava fazer comigo ali naquela cama, que colocasse de lado os momentos de loucura, prazer, ternura e carinho que vivi ali.

Expulsar nossa história da memória requeria um esforço sobre-humano. Eu o fazia dia após dia, tanto com as partes boas quanto com as partes ruins. Mas não tinha forças para dar continuidade ao trabalho naquela noite, não depois de ter meu sono interrompido, de carregar Vinícius até meu quarto e, ainda por cima, de ter dado uma topada. Além do mais, o argumento de Vinícius era válido: nós cabíamos ali numa boa, mais que isso até.

Por mais que assustasse, deixei vir à tona as memórias de extremo conforto que vivi entre aqueles mesmíssimos lençóis e nos braços dele. Elas acabaram me incentivando a dar um passo em direção à cama.

– Tá bom – falei ao me sentar bem na pontinha do colchão. – Mas olha lá, hein. *Sem gracinhas.*

– Pode deixar. – Ele se afastou para a ponta oposta e levantou o edredom para facilitar minha entrada. – Já falei, mesmo que eu quisesse, não conseguiria me engraçar. Esse gesso deve pesar quase o mesmo que Michelle. Por mais que eu ame levantá-la e carregá-la na corcunda, é uma canseira danada.

– Isso é – concordei ao me acomodar embaixo da coberta, mantendo a maior distância possível entre nós dois. – Ela tá crescendo tão rápido que às vezes me assusta.

– Nem fala... – Ele virou a cabeça na minha direção depois de um longo bocejo. – Mal pude acreditar no tamanho dela quando cheguei aqui. Parece que deu uma espichada no tempo em que passei no hospital.

– Talvez tenha dado mesmo – concordei, antes de dar vasão à vontade incontrolável de bocejar que surgiu em mim.

Achava megaembaraçoso quando algo assim acontecia. Além da deselegância, ser tomada por uma expressão de sono tão visceral me fazia correr o risco de Vinícius pensar que eu não tinha personalidade e estava imitando ele ao abrir a boca de propósito.

Contudo, não ficou claro o que ele achou ou deixou de achar, pois só o que fez foi virar para mim e dizer:

– Dorme bem, Viv. – E então apoiou a mão rapidamente no topo da minha cabeça.

– Boa noite – respondi, com educação, antes me virar de costas e fechar os olhos para embarcar no que imaginei ser o mais tranquilo dos sonos.

Mas agora, vendo o jeito sem-vergonha que despertei, com minha perna enroscada no tronco dele, percebi que talvez tivesse sido um sono um pouco mais inquieto do que tinha pensado. Com horas agitadas e cheias de movimentos involuntários. Era até possível que eu tivesse sido vítima de um pesadelo. Essa seria a única explicação plausível para me agarrar a ele daquele jeito: com a cabeça totalmente apoiada em seu peito e o braço jogado por cima da barriga dele.

Um horror.

Vinícius, por sua vez, cumpriu a promessa que tinha feito. O único movimento que fez foi abrir o braço para que eu coubesse melhor perto dele. Não usou a mão livre para me apalpar ou algo assim. Só deixou o braço estendido ao longo do colchão, tão inerte quanto o travesseiro espacial. Deveria estar tão dormente que ele mal reconheceria como parte do seu corpo ao acordar.

Mas isso não era problema meu. O meu problema era querer ficar deitada daquele jeito para sempre. Que, diga-se de passagem, vinha a ser uma complicação muito mais duradoura e intransponível do que uma simples dormência.

Por isso, levantei-me de uma vez, antes que pudesse me deixar levar pelo aconchego da posição. O calor e firmeza do corpo de Vinícius tinham potencial para arruinar toda a resolução que passei meses construindo dentro de mim. Aliás, pensei que, depois de tanto trabalho interno, estivesse imune a tudo que ele me causava.

Ledo engano.

Mas uma coisa estava bem clara: não importava o quanto aquele sentimento parecesse bonito ou convidativo, as consequências de vivê-lo eram desastrosas. Só quem viveu sabia. E eu, infelizmente, já tinha passado por essa experiência mais vezes do que era considerado saudável. Aliás, todo o conceito de salubridade tinha sido deturpado em nossa relação, de acordo com Vinícius.

Me lembrar disso me fez levantar de uma vez só. De forma um tanto desesperada, apoiando a mão muito perto do ombro de Vinícius para conseguir impulso para me sentar no colchão. A pressa de fugir daquela confusão em potencial era tanta que deixei de lado a delicadeza de prezar pelo sono do rapaz adormecido.

O ritmo da respiração dele mudou. Por consequência, a minha também, adquirindo uma cadência apreensiva e ressabiada. Será que ele iria acordar? Não queria que ele nos visse tão perto um do outro. Muito menos que chegasse à conclusão de que *eu* tinha sido a responsável pela aproximação. Seria uma humilhação danada, pois jurei que isso jamais voltaria a acontecer. Usando essas exatas palavras, definitivas e dramáticas.

– Viv, dormiu bem? – ele perguntou, ainda de olhos fechados.

Aproveitei que ele não estava vendo e me arrastei de volta para a minha ponta do colchão. Depois lembrei que, estando tão perto um do outro, ele certamente sentiu o movimento. Mas não havia nada que eu pudesse fazer a respeito disso.

– Nem tanto... – desconversei, tratando de empregar um tom bem indiferente.

Não me lembrava da última vez que havia dormido tão pesado. Ultimamente, andava com tanta ansiedade para dar um rumo à minha vida profissional de uma vez por todas que descansar havia se tornado um desafio. Fiquei com a sensação de que essa noite tinha colocado parte do sono acumulado em dia.

– Pois eu capotei, fazia tempo que não dormia assim, tão profundamente – ele confessou, comprovando que eu não era a única, e que possivelmente algo cósmico tinha acontecido e colaborado com o sono de todos. – Pra você ver a falta que uma cama de verdade faz...

Talvez no caso dele tivesse sido uma questão um pouco mais prática. Quanto ao meu caso, preferia não perder tempo formulando teorias. Tinha questões mais urgentes nas quais pensar. Por exemplo, na distância que precisava manter de Vinícius para não cair no ciclo vicioso que tínhamos antes. E esse ciclo recomeçava bem assim, comigo prendendo o garoto entre minhas pernas e braços.

Não era saudável.

Demorei, mas aprendi.

Agora só faltava aplicar o aprendizado na vida real e arrumar um jeito de impor distância. Uma bem maior do que o espaço entre as duas pontas do colchão e mais concreta do que a parede que separava a sala do quarto. Mas que, ao mesmo tempo, fosse imediata e possível dentro do meu curtíssimo orçamento.

O lado racional do meu cérebro sussurrava que eu estava à procura de um milagre e que milagres não aconteciam todo dia. Contudo, o lado esperançoso encarava o teto com tinta descascada do meu quarto e me pedia um pouco de paciência.

Às vezes as melhores soluções eram aquelas que estavam bem na nossa cara, repeti para mim mesma inúmeras vezes até quase ouvir um *clic* na minha cabeça.

Finalmente uma ideia se acendeu na minha mente. Olhei do teto para Vinícius e não consegui evitar dar um sorriso.

– Pode ficar com a minha cama – falei ao me levantar e ir em direção ao armário.

Escancarei as portas e comecei a escolher quais roupas levaria na mudança.

– Vou passar uma temporada na casa de cima.

– Na *minha* casa, você quer dizer? – questionou, se sentando na cama de repente.

– Não, na casa que minha avó aluga pra você, mas que todo mundo tá cansado de saber que tinha sido construída pra *eu* morar – coloquei os pingos nos is.

– *Comigo* – ele completou a informação com um dado para lá de ultrapassado.

– É – tive que dar o braço a torcer –, mas isso não vai mais acontecer, né?

Antes que ele se atrevesse a responder, saí do quarto para buscar uma mala no quarto de vovó e aproveitaria a viagem para comunicar à minha família a mudança. Falaria de maneira contundente e definitiva, sem dar margem para contestação. Ainda que soubesse muito bem que elas contestariam de qualquer maneira. Eram tão teimosas quanto eu.

8

Minha decisão não foi aclamada pelos membros da família, mas tampouco foi barrada por vovó, que seria a única pessoa capaz de me impedir de subir. Não só pelo respeito que eu tinha pelos mais velhos, mas também por questões legais, já que ela era a proprietária de ambas as casas.

Só o que ela disse foi:

– É uma pena que você pense que fugir dos seus problemas vai te ajudar a resolvê-los... – O tom de lamentação perpassava todas as palavras. – Ainda mais uma fuga pro andar de cima, pela madrugada! Que coisa mais furreca.

– Não é uma fuga – expliquei ao me sentar em cima da mala para tentar fechá-la. – É uma busca por privacidade.

– Um andar acima da sua família? Pff! Toma jeito!

– Vou tomar... – prometi, enquanto desenganchava o zíper que ficou preso em uma das saias que soquei lá dentro.

Torci para que não danificasse o tecido, não estava com o emocional forte o suficiente para lidar com mais perdas. Nem mesmo de um artigo comprado na promoção de uma loja de departamento. O valor sentimental era o que contava, nem tudo tinha a ver com a perfeição, ou qualidade das coisas.

– Dinda? – Michelle enfiou a cabeça entre vovó e a porta. – Você já vai?

– Daqui a pouquinho, meu amor...

Estiquei o braço para fazer cócegas na barriga dela, mas

antes de conseguir mover meus dedos pela superfície gordinha, a criança foi puxada para trás.

– Deixa ela ir, Mixi! Não atrapalha. – Minha irmã se colocou na frente da filha. – Essa desnaturada vai nos abandonar!

– Miriam, baixa a bola – pedi, educadamente. – Vai assustar a criança.

– Mais que sua partida relâmpago? – Ela deu um passo à frente, avançando em minha direção no maior estilo mãe leoa.

Embora eu não tivesse certeza se era apenas a minha sobrinha que ela queria defender. Nunca imaginei que Miriam ficaria tão ofendida com minha mudança. Aliás, achei que *apreciaria* a minha decisão. Pensei que se incomodasse tanto quanto eu com a superlotação da residência.

Cinco mulheres numa casa de três quartos e apenas dois banheiros era o limite do sustentável. Agora, com um homem que precisava de ajuda para se mover a coisa piorou vertiginosamente.

Para todas nós.

Exceto, talvez, para Michelle, que amava o tio Vini apesar de todos os pesares. Para ela, pouco importava se ele mal conseguisse se virar sozinho, que não desse conta de fazer piruetas malucas com ela ou que acabasse com a nossa privacidade por completo. Bastava que ele assistisse desenhos com ela para que se sentisse satisfeita. E ficar sentado no sofá, encarando a televisão enquanto as demais integrantes da casa iam e vinham, se esforçando para batalhar o pão de cada dia, tinha se tornado a especialidade de Vinícius.

Talvez minha irmã estivesse com *inveja* da minha mudança. Só Deus sabia a raiva que eu ficaria se Miriam tivesse tido a ideia de ir para a casa de cima antes de mim. Na verdade, olhando por esse ângulo, comecei a respeitar um pouco mais a insatisfação dela.

Levantei a mala com meus pertences de primeira necessidade e me aproximei para abraçar cada uma delas, envolvendo-as forte, bem apertado. Confesso que deixei uma lágrima fujona escapar quando chegou a hora de soltar minha afilhada. Nunca imaginei que deixaria de morar com minha família assim, tão de repente, e acabei fazendo uma cena digna de novela mexicana.

– Você pode subir sempre que quiser brincar com a dinda – assegurei ao apertar os ombros da minha princesinha.

– E se sua mãe deixar – minha irmã completou, cheia de autoridade.

– Miriam, fala sério... – pedi ao coçar a bochecha na intenção de disfarçadamente limpar a lágrima. – Estamos num momento delicado aqui.

– Que não tinha a menor razão de existir – ela contrapôs. – Por que você vai abandonar as pessoas que precisam de você assim, sem mais nem menos?

– Você sabe que eu tenho uma ótima razão pra querer cair fora daqui. – Guiei meu olhar para a sala, onde Vinícius assistia a tudo estupefato no sofá. – Além do mais, é só um andar de diferença. Não vai ser uma mudança tão grande assim. Na real, mal dá pra classificar como mudança.

– Ah, tá! – Miriam bufou. – Vai nessa!

– Tô indo mesmo – anunciei ao pegar minha mala e arrastá-la para fora do quarto. – Diz pra mamãe que mandei um beijo.

– E eu? Não vou ganhar beijo nenhum? – o abusado do Vinícius questionou quando passei pela sala. – Nem um abraço de despedida?

– Claro que não – respondi, abrindo a porta da frente com mais ferocidade do que o necessário, fazendo-a bater contra a parede. – Não viaja!

– Uma puta injustiça – ele reclamou enquanto coçava o cabelo, com ares de quem não se importava muito. – Te cedi minha casa e tudo... Um pouco de gratidão cairia bem.

– Gratidão uma ova! – Levantei a mala para descer o degrau da frente. – Só peguei de volta o espaço que sempre deveria ter sido meu.

Fechei a porta com tudo, achando um tanto quanto catártico o estrondo que fez, como se o barulho fosse capaz de me ajudar a deixar para trás toda a confusão e questões mal resolvidas que habitavam a casa de baixo. Respirei fundo para levar a mala escada acima. Não seria uma tarefa fácil, os degraus eram irregulares e eu soquei a mala com o máximo de coisas que consegui, para não precisar voltar ali tão cedo. Mas o esforço valeria a pena, minha paz de espírito dependia daquilo.

Segurei a alça bem firme e levantei o trambolho, estava um chumbo. Grunhi antes de dar o primeiro passo, mas, antes de alcançar a sequência de degraus, ouvi Vinícius berrar:

– Vê se trata minhas coisas com o mesmo carinho com que eu pretendo tratar as suas! Tudo bem você ser uma ingrata, mas se começar a bancar a destruidora eu não vou conseguir perdoar nunca.

Aquele foi o impulso que eu precisava para subir a escada na velocidade máxima. A última coisa de que eu precisava ouvir no momento era sobre o carinho com que ele pretendia tratar meus pertences. Eu não queria nem *pensar* no carinho dele. E muito menos na possibilidade de ele nunca me perdoar.

9

Ao abrir a porta e ser nocauteada pelo cheiro da casa, percebi que havia grandes possibilidades de aquela mudança não ser tão libertadora quanto eu esperava. E, sinceramente, não sabia por que me admirava, aquela construção representava minha relação com Vinícius como nada mais no mundo, tudo de bom e de ruim que houve entre nós dois culminou nela – para logo depois ruir completamente.

Ele e os amigos tinham participado ativamente da reforma. Vida de pobre era assim, não tinha como contratar um time qualificado de pedreiros para transformar o terraço da sua avó em uma morada? Faça você mesmo! E, se os amigos do seu namorado forem camaradas o suficiente para aceitarem cerveja como pagamento, contrate-os também! Pouco importa se eles desempenharem um trabalho de qualidade duvidosa. Malfeito é melhor do que não feito. Ou pelo menos era isso que Vinícius sempre dizia. Eu gostando ou não – e na maioria das vezes eu *não gostava* –, tive que aceitar o amadorismo do processo, pois foi assim que nossa casa veio ao mundo, em meio a muitos pega pra capar e barulheira na vizinhança.

Ao dar o primeiro passo para dentro do recinto, a familiaridade funcionou como um soco na cara. Adentrei na sala de pernas bambas, inspirando o cheiro dos produtos de limpeza que eu mesma escolhi, meses atrás, quando eu e Vinícius começamos a morar juntos.

Que erro. Teria que limpar a casa de cima a baixo, usando uma nova combinação de produtos. E o pior era que tinha selecionado minhas fragrâncias favoritas quando me mudei para aquele lugar na primeira vez. Dava até um pouco de vergonha de admitir quanto tempo dediquei na escolha de cada um dos desinfetantes, detergentes, lustra-móveis etc.

Alguém tinha ideia da ampla variedade que o mercado oferecia?! As possibilidades de combinação eram infinitas! E agora eu teria que me meter novamente naquele vespeiro de fragrâncias, pois levava a organização domiciliar muito a sério.

Bem, na verdade, eu era bem minuciosa com todo tipo de organização. Isso era um dos meus maiores problemas.

Para muitos era bobagem, eu sabia. Também tinha consciência de que deveria me importar menos com as coisas. Mas eu simplesmente não conseguia deixar passar, tinha problemas com detalhes. Além do desejo impossível de alcançar a perfeição.

– E não vai ser dessa vez que vou conseguir alcançar... – resmunguei ao dar uma espiada na cozinha.

A decoração continuava exatamente como eu tinha deixado. Os móveis não se moveram nem um centímetro sequer, o que não era de todo o mal, pois me poupava o esforço de voltar tudo para a configuração original.

Mas as minhas fotos com Vinícius nos porta-retratos me desestabilizaram. Por que ele ainda não tinha jogado toda aquela porcaria fora? Aquilo era lixo. Não reciclável, ainda por cima. Eu e ele nos beijando na frente de um pôr do sol na praia... Que cafona! Eu trepada na corcunda dele para ter uma visão privilegiada de um show do Black Alien. Pelo menos algo de verdade aquela imagem trazia, nosso relacionamento foi tão intenso quanto muitas canções de rap. Como se não bastasse, ao lado da mesa de cabeceira, tinha um porta-retratos cheio de firulas, brega até o talo, que *ele* escolheu com uma foto safadinha da gente deitado na cama. Mesmo estando sozinha, senti o rosto formigando de vergonha. As pessoas se prestavam a cada coisa quando estavam apaixonadas. Pela madrugada.

Sem estruturas para lidar com aquilo, reuni todas as fotos e as atochei no fundo de uma gaveta. Minha prioridade era trocar os lençóis. Dormir envolvida pelo cheiro de Vinícius era muito nocivo, tinha tirado a prova na noite anterior. Minha cabeça girava com as lembranças de tudo que rolou entre nós dois, e eu temia que a força delas me jogaria no chão a qualquer momento.

Mas, enquanto ainda me mantinha de pé, arrancava as fronhas e as jogava no chão com força, também me perguntava se apenas um andar de distância era capaz de exorcizar tudo aquilo que borbulhava em mim. Era complicado quantificar quantos metros eram necessários para qualificar uma distância segura quando o perigo morava dentro de você.

Esse pensamento me fez ter um calafrio, abri a mala para pegar um casaco, mesmo sabendo que me agasalhar não era a solução adequada. Uma das lembranças mais desagradáveis e teimosas fez seu caminho até a superfície da minha memória. Tive que ir pouco a pouco me sentando na cama enquanto ela me invadia, os gritos contidos nela continuavam me dando vontade de me encolher. Porém, na verdade, tudo tinha começado no maior silêncio...

Era um sábado à tarde, o primeiro depois de a reforma ter terminado. Pensei que comemoraríamos aquela vitória juntos, levando em consideração o tamanho da dor de cabeça que tinha sido conviver com a barulheira de obra nos últimos meses, mas cheguei do trabalho e encontrei a casa vazia e cheirando a tinta. Naquela época eu trabalhava o dia todo para poder arcar com os custos da obra. O espumante que eu tinha comprado com o dinheiro que ganhei de gorjeta continuava fechado na geladeira, mas havia uma quantidade considerável de latinhas de cerveja amassadas em cima da pia. Torci para que Vini não tivesse tomado aquilo tudo sozinho e, ao mesmo tempo, não gostei de pensar em quem poderia ter vindo aqui beber com ele – muito menos em para onde poderiam ter ido depois de bêbados.

Corri até a sala e coloquei a cabeça para fora da janela para espiar se a moto dele estava estacionada na calçada, mas nem sinal dela. Não demorou nem cinco minutos para o meu telefone começar a tocar.

– Alô? – atendi logo no primeiro toque, com o coração na boca.

– Oi, Vivian, tudo bem? Aqui é o Maromba.

– Você tá com o Vini? – Fui direto ao ponto, meus batimentos cardíacos acelerados não davam espaço para amenidades.

– Tô, quer dizer, *estive*.

– O que isso quer dizer? – perguntei, em desespero.

A comunicação verbal dos amigos de Vinícius nunca tinha sido lá essas coisas, mas, se Maromba estava tentando dizer o que eu achava que ele queria dizer, ele precisava ser mais objetivo, porque eu me recusaria a acreditar até o último minuto. Minhas pernas poderiam ter perdido a força e eu, ter precisado me escorar no braço do sofá para ir sentando pouco a pouco, mas a mente se mantinha firme, a postos para receber o resto da informação.

– Desembucha, Maromba! Tô pensando o pior aqui.

– Não! Calma, não é pra tanto. É que me encarregaram de dar o recado enquanto estão levando o cara pro hospital.

– *Hospital?!* – Meu estômago gelou. – Por um acaso o cara em questão é Vinícius?
– É, mas...
– Qual hospital? – Me levantei para ir atrás da bolsa, não lembrava onde a tinha deixado.
– Então, essa parte eu não sei. Me pediram pra falar que...
– Como assim você não sabe?! – Achei a bolsa e a pendurei no ombro com tanta força que acabou me dando torcicolo depois. – O cara não é seu amigo? Vocês não estavam juntos? Não te deram a responsabilidade de me passar o recado? Por que você não tá fazendo isso direito?
– Aconteceu tudo muito rápido... – o Maromba tentou se explicar, mas minha pressa de estar logo com Vinícius não queria saber de justificativas.
– Eu ainda nem sei o que aconteceu! Escolheram a pior pessoa pra esse trabalho!

Talvez o tom da minha voz tivesse subido um pouco. Os vizinhos, que não possuíam uma visão geral do contexto, até poderiam ter confundido minhas justificáveis exclamações de surpresa com berros – Maromba também tinha cometido esse mesmo erro.

– Porra, como é que você vai saber se me interrompe o tempo todo? – Maromba também subiu o tom de voz, o que eu achei para lá de rude. – Melhor ele mesmo te contar quando chegar aí, tchau.

Nem deu tempo de eu dar a ele uma boa lição de moral, ou, sei lá, me despedir conforme mandava a educação. Bufei ao descolar o aparelho da orelha o correr o dedo pela tela para procurar o contato de Vinícius. Minhas mãos tremiam, eu me encontrava numa consistência gelatinosa dos pés à cabeça. O telefone tocava e ninguém atendia – o que, levando em consideração que ele tinha sido hospitalizado, até que fazia sentido –, por isso liguei para Xandy, mas aconteceu a mesma coisa. Nem para apertar um botãozinho verde aquele energúmeno prestava. Não que isso tivesse me impedido de continuar tentando! Contudo, o resultado continuou o mesmo, ninguém me atendeu. Canalhas!

Minutos de pura tensão se passaram, minhas unhas deixaram de existir. Roí todas em tempo recorde, o que não pegaria nada bem no salão onde eu trabalhava como manicure, mas detalhes como levar mais um esporro no trabalho nem passava pela minha cabeça. Eu tinha a mente povoada por coisas maiores, minha eterna insatisfação pela única função que eu desempenhava no dia a dia deu lugar a cenas trágicas, acidentes catastróficos, médicos berrando termos inventados por mim naquele momento de puro pânico – que foi coroado com um susto daqueles que faz gelar o coração.

– Olha quem chegou! – Xandy abriu a porta sem nem bater. – Falar que tá são e salvo seria um exagero, mas pelo menos tá vivo.

– Não sei por quanto tempo! – falei, indo em direção a eles.

A cara de Vinícius estava toda lanhada, sinal de que não estava usando capacete quando caiu. Ainda que eu não soubesse a história inteira, estava bastante claro que ele tinha sofrido uma queda. Quer dizer, na verdade quem estava sofrendo era eu! O acidentado em questão teve a cara de pau de sorrir para mim e perguntar:

– Que agressividade é essa?

Agressividade?!, perguntei com meus botões, o cara acabou de ir de encontro com o asfalto esburacado, se ralando todo, e a agressiva era eu? Faça-me o favor!

– É só a reação normal de alguém que se depara com o namorado todo estropiado.

– Normal?! – Xandy caiu numa gargalhada totalmente despropositada. – Fiquei sabendo que você botou o Maromba abaixo de zero, reduziu aquele monstrão a pó!

– Uhn?! – Era a única pergunta que achei pertinente fazer.

– O cara ligou pra gente desmoralizado – Vinícius explicou. – Parecia que tava a ponto de chorar.

Será que essa informação tinha o intuito de gerar empatia? Porque comigo não colou. E daí se ele chorasse? Eu estava com vontade de fazer o mesmo e não via ninguém ali sensibilizado com isso.

– Tá, beleza, que seja. Mas o que aconteceu com você, será que eu posso saber?

Xandy riu mais uma vez, não passava de um bobo alegre, sem a menor noção do clima horrível que se instaurava.

– Foi um tombinho de nada. – Vinícius coçou a cabeça ao contar.

Acho que ele não tinha conhecimento de que sempre coçava o cabelo quando mentia, mas eu sabia desse tique antes mesmo de a gente começar a namorar.

– Um arranhãozinho aqui e outro ali – Xandy, seu eterno puxa-saco, corroborou. – E uns pontinhos acolá.

– Pontos? Onde?

Me aproximei um pouco mais para inspecionar o corpo dele, mas não do jeito safadinho que tinha sonhado ao chegar em casa para comemorar nossa primeira conquista da vida adulta. Impressionante como de uma hora para outra expectativas podiam ser quebradas a ponto de se estilhaçarem em mil pedacinhos – igual aos respingos de sangue seco espalhados pelo braço de Vini.

— Não foi nada de mais — Vinícius tentou desconversar. — Não chegou nem a meia dúzia de pontos.

— *Nada de mais?* – perguntei. – Nada de mais? – repeti, só para que aquele absurdo ficasse mais claro.

— É – ele teve o desplante de confirmar. – Não tá vendo que eu tô inteiro?

O pouco caso dele com a própria saúde fazia com que eu me sentisse ainda mais agoniada. Agoniada a ponto de explodir num turbilhão de palavras:

— O que eu tô vendo é você se deixando levar pela inconsequência dos seus amigos e se dando mal por isso.

— Não mete meus amigos na parada, Vivian...

— Como não?! – Joguei as mãos para o céu em busca de ajuda divina. – Eles vieram aqui beber com você aquelas latinhas de cerveja que estão largadas na cozinha, não? E não vou nem entrar no mérito de que ninguém teve o bom senso de limpar a bagunça porque não dá pra cobrar nenhum tipo de inteligência de pessoas que depois de beberem aquela quantidade insana de álcool acharam que era uma boa ideia subir numa moto e fazer manobras arriscadas no meio da rua.

— Vivian, pera lá – Vinícius pediu, cauteloso.

— Pera porra nenhuma! – Os céus não me ajudaram a manter a calma, o tom da minha voz subia de acordo com a força da impotência que tomava conta de mim. – Eles são uns irresponsáveis, você poderia ter *morrido*.

— Se isso tivesse acontecido seria culpa minha, não deles! – Vinícius, de uma hora para outra, igualou seu tom de voz ao meu. – Eu fui porque quis, ninguém me levou arrastado!

— Mesmo assim! – berrei de volta, sem querer ficar por baixo. – Eles continuam sendo uns...

– Vivian! Não fala do que você não entende.

– Como eu não vou entender?! Tá literalmente estampado na sua cara a evidência de que você tá rodeado de más companhias.

– Você não tem amigos pra saber como é.

Depois daquela gritaria toda, o silêncio que se seguiu foi a parte mais ensurdecedora da conversa. Nos encaramos com os olhos meio arregalados, acho que nós dois ficamos assustados pelo tamanho da verdade que foi dita.

E não tinha como voltar atrás.

Por incrível que pudesse parecer, o que aliviou a tensão foi a interrupção de Xandy:

– Vou lá dar um jeito nas latinhas – ele anunciou ao se encaminhar para a cozinha, pela primeira vez na vida tendo uma atitude sensata.

Eu, de minha parte, não poderia garantir o mesmo. O que Vinícius disse sobre eu não ter amigos me atingiu com a força de um chute dado com uma bota de bico fino bem na boca do meu estômago. Pensei que *ele* fosse meu amigo – tendo em vista que compartilhávamos tudo um com o outro, até mesmo o teto sobre nossas cabeças –, mas amigos não acusam os outros de não terem amigos, né? Fiquei com a sensação horrível de que não sabia de mais nada nessa vida.

Principalmente em relação a nós dois.

– Vivian, o que eu quis dizer é que...

– Você foi bem claro no que disse. E disse em alto e bom som. Até os vizinhos da esquina devem ter escutado.

– Duvido que isso seja novidade pros vizinhos da esquina – Xandy se intrometeu. – Aliás, o quarteirão inteiro já deve estar ciente da sua falta de amigos.

– É esse tipo de amizade que você quer proteger ao colocar em risco nossa relação? – perguntei a Vinícius, porque não era possível que só eu estivesse vendo o absurdo daquela situação.

– Xandy, pode dar uma licencinha? – Vinícius pediu, depois de soltar um suspiro tão grande que acabou sendo finalizado com um grunhido.

– Mas e as latinhas, cara?

– Pode deixar que mais tarde eu dou um jeito. A parada aqui ficou mais séria do que eu planejava.

– Já que você insiste...

O barulho das latinhas se chocando umas contra as outras, provavelmente sendo abandonadas em uma superfície qualquer, chegou até a sala. Xandy foi embora com passos rápidos, dando tchauzinho em todas as direções, sem ter coragem de olhar na nossa.

Melhor assim, a cena não devia estar nada agradável de ser assistida: Vinícius e eu nos encarávamos de uma maneira nada romântica. Ambos respirando forte, sem ter ideia de como conduzir o resto da conversa.

E, como aprendi durante os jogos de queimada na escola que a melhor defesa era o ataque, coloquei as mãos na cintura e perguntei:

– E aí, tem mais alguma ofensa em mente ou a gente pode dar uma conferida nos seus curativos?

– Não foi minha intenção te ofender, Viv. É só que... o jeito que você tem levado a vida me preocupa.

– Eu? Tem certeza? Olha pra você!

Ele não fez sequer um movimento para seguir minhas instruções. E olha que tínhamos um espelho bem charmoso ali na sala. Além disso, ele vivia com o celular sempre ao alcance das mãos

– viciado em olhar as notificações que só ele – não custaria nada ter aberto a câmera de selfie.

– Mas uma coisa não tem nada a ver com a outra. Meu acidente não afeta o fato de que você tá cada vez mais isolada do resto do mundo e sem saber para onde ir.

– Eu vou pro trabalho todo dia, Vinícius, não viaja!

– Mas vai reclamando que seu salário é baixo, que as clientes são pentelhas e que depender de transporte público é uma merda.

– Mas é uma merda mesmo! – reiterei, porque não conseguia deixar passar uma oportunidade de escrachar a falta de qualidade do transporte do Rio de Janeiro.

– Eu sei, mas você não faz nada pra mudar.

– Não sou a prefeita da cidade, não posso fazer nada sobre isso! Ou você quer que eu me candidate nas próximas eleições?

Virei uma metralhadora de respostas malcriadas, o que geralmente acontecia quando eu me sentia ameaçada. Até porque não havia perigo maior do que o meu namorado descobrir que eu estava completamente perdida sobre o que eu queria fazer da vida. Principalmente quando ele praticamente tinha nascido com uma chave de fenda na mão, sendo o melhor mecânico do bairro desde muito novo. Estar com uma manicure meia-tigela sem nenhuma expectativa de promoção deveria ser vergonhoso para o nível de competência dele, mas isso nunca pareceu incomodá-lo.

Até agora.

– Quero que você seja feliz, Viv, que dê um rumo na sua vida.

– A gente acabou de se mudar pra cá! – argumentei. – Pegamos um terraço que só acumulava poeira e mesas de bar velhas e transformamos numa casa pra gente morar. Se isso não é rumo, eu não sei mais o que é!

— Mas mesmo depois desse esforço inteiro você não parece satisfeita! — Vinícius bateu as mãos nas laterais das pernas. A careta de dor que ele fez indicava tanto que os machucados se estendiam para aquela área quanto que ele devia estar com tanta raiva quando falou que nem ligou para isso. — Muito pelo contrário, parece cada vez mais avessa aos meus amigos, mesmo depois de eles terem dado o sangue pra ajudar a gente na construção.

— Eu não pedi a ajuda de ninguém — frisei, pois, apesar de não ter um real no bolso, não me rebaixaria a tanto.

— E eles ajudaram mesmo assim, porque sabem que é importante pra mim, pra *nós*. Mas você continua tratando eles mal, isso não é saudável.

— Por um acaso você tá me chamando de tóxica? — perguntei, abrindo alas para mais um daqueles silêncios congelantes.

Depois de alguns segundos carregados de tensão com Vinícius trocando o peso de uma perna para outra e microexpressões tormentosas perpassando seu rosto, ele enfim disse:

— Esse termo nunca tinha me passado pela cabeça, mas é, talvez...

Mal deu tempo de a minha boca abrir por completo, pois Vinícius decidiu não parar por ali:

— Acho que a gente precisa colocar o pé no freio.

— O que você quer dizer com isso? — Dei um passo para trás, numa vã tentativa de me afastar do problema.

— Dar um tempo, sei lá, pra reavaliar nossas coisas um pouco, sabe?

— Não, não sei, não. — Me afastei mais um pouco. — Não sou mulher de dar tempo, já vi filmes e séries o suficiente pra ver no que isso dá. Daqui a pouco você vai estar passando o rodo no bairro todo e alegando que tá tudo bem, que isso é permitido nas regras de "dar um tempo".

– Nada a ver, não é essa a intenção. É mais uma parada entre nós dois, pra gente recalcular a nossa rota, e o que a gente quer dessa relação.

– Você claramente quer que ela desapareça pra você ir se quebrar andando de moto com seus amigos – acusei.

– Tá vendo?! É disso que eu tô falando. Você odeia tanto os meus amigos que coloca a culpa de tudo neles, mesmo quando, exclusivamente, o erro foi meu.

– Você não bebeu aquelas cervejas sozinho.

– A gente vai continuar dando voltas nesse assunto?

Ele parecia estar perdendo a paciência. E eu, perdendo a esperança. Como tudo desandou tão rápido?! Era para estarmos comemorando, um nos braços do outro, no entanto nunca tinha me sentindo tão distante de Vinícius quanto naquele momento. Um frio inexplicável me gelou de dentro para fora enquanto eu decidia meus próximos passos.

Fui até o quarto e soquei o máximo de objetos aleatórios na primeira mochila que vi pela frente. Vinícius veio atrás de mim. Acho que ele perguntou algumas vezes o que eu estava fazendo, o que aquilo significava e blá-blá-blá, mas eu estava ocupada demais numa espiral de desespero sobre o que seria de mim dali para frente.

De acordo com meu próprio namorado, eu não tinha amigos nem perspectiva de futuro. Talvez não fosse só eu que estivesse sendo tóxica naquela relação, mas, para ser honesta, não tinha a menor condição de avaliar essa questão naquele momento. Toda a minha concentração estava em não chorar e colocar dentro da mochila tudo que eu precisava para não ter que voltar ali tão cedo.

Que bom que meu quarto na casa de baixo continuava intacto. Eu tinha certeza de que, se persistisse nessa loucura de morar com Vinícius por mais um tempinho, minha irmã teria transformado o cômodo numa sala de exercícios ou num quarto de brinquedos para Michelle. Mas tudo estava acontecendo tão rápido que Mirian sequer teve a chance de tirar da parede os pôsteres cafonas de quando eu era adolescente, quando gostava de dormir sendo observada pelos meninos do One Direction.

– Vivian, para de palhaçada, vamos conversar. – Vinícius segurou de leve meu braço quando eu pendurei a mochila no ombro.

– Acho que você já deixou as coisas bem claras – rebati ao me soltar da mão dele.

– Mas a gente tem um monte de coisa pra resolver...

– Não. – Cortei logo o melodrama. – Vou te dar seu precioso tempo. Não é isso que você quer? É isso que você vai ter.

Saí de casa batendo a porta, causando um estrondo. Desci as escadas torcendo para que a batida tivesse estragado alguma coisa, mas logo depois pensei que, se algo tivesse acontecido, os amigos de Vinícius viriam na mesma hora consertar. Eu tinha que me concentrar em arrumar meus próprios amigos, isso sim. Além de, é claro, definir o que eu faria da vida. Só decisões fáceis pela frente...

10

Levou uma semana para eu colocar ordem nas coisas naquele lugar que antes era de um casal, e me sentir minimamente em casa, embora sozinha. Depois de tanta limpeza, organização e esforço, eu necessitava de uma distração. Sair daquele terreno onde meus maiores medos habitavam era imprescindível. Além do mais, aquela tarde ensolarada de sábado implorava por uma cervejinha.

Trabalhei e estudei como uma condenada ao longo dos últimos dias. Não estava reclamando nem nada, parte de mim sempre ficava feliz por enfim ter encontrado meu rumo profissional. Contudo, a outra parte, que naquele momento configurava como a maior delas, ansiava por entretenimento. Afinal, todo mundo merecia esfriar a cabeça, balançar o esqueleto, beber uns tiricoticos e, quem sabe, conhecer alguém que valesse a pena.

Por sorte, eu já conhecia alguém que valia a pena: Layana. Demorou muito tempo para encontrá-la – primeiro precisei decidir o que eu queria fazer da vida além de tirar cutículas –, mas valeu a espera. Hoje tínhamos um futuro planejado e eu não trocaria isso por nada no mundo. Por isso, não hesitei em pegar o telefone e fazer a ligação.

Ter intimidade comigo costumava ser uma merda para quem não gostava de falar ao telefone. Pobres dos preguiçosos que prefeririam digitar, porque eu fazia de tudo para alongar as conversas telefônicas ao máximo.

A não ser, é claro, quando tinha algo melhor para fazer do que apenas papear. E Layana, minha fiel escudeira, veio com uma sugestão bastante promissora logo no início da ligação:

– Eu e Mariana ficamos de ir num churrasco de um conhecido nosso mais tarde. Quer vir junto?

Instantaneamente senti o gosto da picanha malpassada se derretendo na boca. Fiquei aguada, mas precisava manter o mínimo de noção quanto ao convite.

– Você não acha que vai ser meio nada a ver eu aparecer com vocês? Não é melhor perguntar primeiro se não vai ter problema?

– Que nada! Por um acaso você esqueceu como esse tipo de churrasco de homem heterossexual funciona? – Layana deu uma risada. – Quanto mais mulher, melhor! Ainda mais quando elas estão solteiras e são gostosudas, como você.

– Não sabia o quanto estava precisando de uma palavra de alento até ser chamada de gostosuda – confessei. – Mas tem certeza de que vai ser tranquilo? Não quero correr o risco de ser escorraçada do lugar, minha autoestima fragilizada não vai aguentar.

– Relaxa, Vivian. Alguma vez já te meti em furada?

– Só perguntei pra me certificar – rebati, sem querer admitir com todas as letras que durante nosso curto tempo de amizade Layana me fez mais bem do que certas pessoas que passaram um looongo período perto de mim.

Nada a ver pesar o clima da conversa num dia ensolarado de fim de semana como aquele.

– Deixa pra se certificar quando estiver se acabando no pagode! – A voz de Mariana ecoou no fundo da ligação.

Pela empolgação do grito dela deu para perceber que, mesmo se de fato fosse escorraçada para fora do evento, aquelas duas não me deixariam na pior. E o que mais eu poderia querer de um sábado à tarde do que a companhia do melhor casal do mundo? Nada me vinha à cabeça.

Eu estava exatamente onde deveria estar, seguindo em frente com a minha vida, fortalecendo laços de amizade que, apesar de escassos, eram firmes. E não davam o menor indício de que me virariam as costas de uma hora para outra.

– Vou tomar banho e trocar de roupa – informei.

– Isso! – Layana exclamou. – Quando a gente estiver chegando aí, te damos um toque.

– Aqui?! – perguntei no meio do caminho entre a sala e o banheiro. – Vocês vão vir me buscar? O que foi que eu fiz pra merecer esse tratamento VIP?

– Não é regalia nenhuma, sossega o facho – Layana cortou minha onda. – O evento vai acontecer aí mesmo, no Subúrbio do Subúrbio, e contamos com você pra dar as coordenadas de como chegar direitinho no local.

– Tá, né... – Dei de ombros, mesmo sem ninguém ali para testemunhar minha reação.

Foi uma tremenda quebra de expectativa, não só por não ser considerada digna de um tratamento VIP, mas principalmente por não ter sido diretamente convidada para o churrasco que aconteceria bem ali, no meu queridíssimo bairro.

Já fui mais respeitada.

Mas cabia apenas a mim restabelecer aquele padrão. E um primeiro passo muito sensato era botar para quebrar no churrasco.

E, para isso, eu precisava de uma senhora produção.

* * *

Uma hora mais tarde, acabei decidindo ir de short, *cropped*, bota estilo plataforma e meu cabelo solto, liso de prancha. Aparentemente, uma combinação simples, o diferencial ficava por conta da exposição de partes do meu corpo que há muito não viam a luz do dia. Seria ainda mais impressionante se eu tivesse tido a oportunidade de atualizar meu bronze, mas não se podia ter tudo. As curvas acentuadas do meu corpo teriam que bastar.

– Luz na passarela que lá vem ela! – Layana berrou enquanto eu descia as escadas para ir ao seu encontro.

Mariana ecoou o grito da namorada, no ritmo da canção.

– Pena que não sou loira – reclamei ao jogar algumas mechas escuras por cima do ombro.

– E quem disse que precisa ser loira pra ser linda? – indagou Mariana.

– A música – respondi ao terminar de descer os últimos degraus.

– Você dá atenção a cada palhaçada... – Layana comentou. – Se a música disser pra pular da ponte, você vai pular? Eu, hein!

– Você tá falando igual a minha mãe.

– E você tá igual toda garota que sofre com baixa autoestima que eu conheço – Lay contrapôs, e tive que dar razão a ela.

No entanto, não gastei quase uma hora do meu precioso sábado de folga – milagre que só acontecia uma vez por mês – me embonecando para agora ficar me colocando para baixo só porque não atendia às expectativas de uma música dos anos 1990. Por isso, ajeitei a postura, balancei os cabelos e disse:

– Nada que um pagodinho não resolva.

Recebi gritos comemorativos em resposta.

Entramos no carro de Mariana, elas me passaram o endereço e eu fui dando as instruções. Poderíamos muito bem ter jogado as informações no GPS, mas assim eu não teria a oportunidade de treinar minhas noções de direita e esquerda, há muito enferrujadas. Além disso, precisaríamos aguentar a chatice robótica que era a voz do aparelho, coisa que eu dispensava.

Era melhor manter a comunicação apenas entre nós, humanos, até porque assunto para botar em dia não faltava. O que faltava era tempo, pois logo após uma curva à direita, com menos de cinco minutos de trajeto, já se ouvia o pagodão rolando. Vinha lá do final da rua, mas dava para escutar de dentro do veículo. Assim como dava para distinguir que não se tratava de caixas de som no volume máximo. Cada instrumento tinha seu próprio timbre, a voz do vocalista acompanhava as notas de animação do público, um primor de apresentação ao vivo.

E eu *amava* bandas ao vivo, assim como boa parte da população – a parte que se prezava. O compasso do tambor entrou em sincronia com as batidas do meu coração num instante. Antes mesmo de sair do carro senti o formigamento provocado pelo samba nos pés.

– Gosto muito! – Mariana passou o braço em volta do meu ombro para me apressar na caminhada em direção ao furdunço.

Para ser sincera, não sabia qual era a razão da celebração, mas, ao chegar, abracei o anfitrião como se soubesse e estivesse muito feliz por ele. Achei que a empolgação ajudaria a recuperar minha reputação há muito tempo perdida.

– Obrigada, minha flor, tudo de bom pra você também – ele falou assim que o soltei. – Quanto entusiasmo!

Comecei a desconfiar que exagerei. Talvez nem sequer fosse o aniversário dele. Eventos sociais costumavam me embolar toda, invejava quem conseguia lidar com a multiplicidade de pessoas, sons e movimentos com naturalidade. Mas, antes que eu pudesse confirmar a extensão da minha gafe, um conhecido se materializou do meu lado e disse:

– Quem é Vivian sempre aparece!

Ri do trocadilho e abracei o rapaz com a mesma energia caótica que usei para felicitar o anfitrião. Melhor passar a impressão de que aquele era meu jeitinho de ser do que explicar que meu status de penetra não me permitira saber o real motivo da celebração.

– Pois é, Miltinho! Quanto tempo! Como vai?

Ele morava a dois quarteirões de distância e vivíamos colados nos tempos de escola. Mas, depois que acabou o Ensino Médio, dificilmente nos encontrávamos, só de vista. Acho que foi a loucura das nossas rotinas que nos afastou, ou sei lá.

Impressionante como às vezes proximidade física não tinha nenhuma influência no envolvimento emocional. Além disso, também achava um pouco perturbador como minha mente ia longe bem no meio de conversas corriqueiras.

– Vou ficar bem melhor se você aceitar dançar a próxima música comigo – Miltinho propôs.

– Quem sou pra negar tamanha honra? – respondi, antes de acompanhar Miltinho para o meio da roda, feliz por não precisar me preocupar em perguntar amenidades e enfim poder dar vazão à formigação do samba.

E que *delícia* era dançar, movimentar o corpo sem medo de ser feliz. Fazia tempo que não me permitia esse simples tipo de liberdade. E, naquele preciso momento, não conseguia lembrar o porquê.

O mundo à minha volta se dissolveu enquanto eu me deixava guiar pela música. Por falar nisso, que musicão! Eu e Miltinho demos piruetas um em volta do outro e trocamos olhares empolgados, meio que nos cumprimentando pela sincronia dos nossos passos.

Estávamos de parabéns e sabíamos disso.

Acho que as pessoas em volta também tinham essa ciência.

Pensei que nada nos impediria de seguir dançando, mas pensei errado. No meio do meu passinho de madrinha de bateria ao som dos versos *Não era amor, ôh, ôh...* o vocalista interrompeu o ponto alto da canção para falar:

– Olha lá quem vem chegando! O grande! O majestoso! Que mesmo impossibilitado de andar dá um jeito de vir pagodear. Quem tem amigos tem tudo, né, meu chapa?

– É isso aí! – Vinícius em toda sua glória fraturada acenou para o cantor enquanto um séquito de motoqueiros o carregava nos ombros.

O grupo foi abrindo espaço entre os convidados cheios de pompa, parecia que Cleópatra em pessoa estava sendo carregada. Os convidados, embora tivessem tido sua música brutalmente interrompida, aplaudiram quando os rapazes abaixaram Vinícius numa cadeira e o pagode recomeçou – *... cilada, cilada, cilada...* O anfitrião, mais do que depressa, se aproximou com um banquinho para servir de apoio para a perna engessada, trazendo inclusive uma almofada com capa de crochê para acomodar o gesso da melhor forma possível.

Meus esforços para socializar pareceram patéticos em comparação ao enxame de convidados que se avolumava em volta do meu ex-namorado. Todo mundo queria um pedacinho da sua atenção. Qualquer desavisado ao longe poderia achar que o dono da festa era Vin, em vez do careca que lhe dava palmadinhas vigorosas no ombro. Esse era o efeito que Vinícius costumava causar sempre que chegava nos lugares.

Eu mesma costumava ser alvo dessa coqueluche. Mas agora, dando passinhos discretos para tentar fugir da clareira que se formou na pista de dança, só o que eu gostaria era de estar encolhida no meu sofá, vendo a reprise de alguma série reconfortante. Não adiantava nada eu me embonecar toda para ir a eventos para os quais eu nem tinha sido convidada, nunca chegaria àquele nível. Mesmo acidentado o cara era a alma da festa. Enquanto eu era apenas... eu. Vivian, a ranheta. O melhor que eu podia fazer era me recolher à minha insignificância.

Contudo, no meio do meu quarto passo rumo a um canto tranquilo, Vinícius me avistou entre a multidão e ergueu o copo que tinham acabado de lhe servir. Fiquei alguns instantes sem saber o que fazer. Me aproximava para cumprimentá-lo mesmo com ele morando no mesmo quintal que eu? O ignorava completamente? Qual era o protocolo?

Por fim, decidi dar um sorriso em resposta. Um sorriso um pouco amarelo, talvez, mas simpático o suficiente para ninguém me acusar de falta de educação. Ele levantou um pouco mais o copo antes de eu encerrar o contato visual. Era esquisito pra caramba vê-lo fora do ambiente domiciliar. Mas a esquisitice não parava por aí. Quando eu achava que conseguiria alguns minutinhos de paz quieta no meu canto, uma presença soturna se materializou ao meu lado.

– Não acredito que a *oi sumida* deu as caras! – Xandy era tão sorrateiro que eu nem consegui distinguir de que lado ele veio.

– Pra você ver...

Tive que redobrar meu esforço para manter um semblante agradável. Sinceramente, não conseguia ver nada de bom saindo daquela conversa.

– Jurava que você não colocaria os pés em outra festa em que estivéssemos presentes depois do barraco que rolou na última.

Quase me engasguei com a cerveja ao lembrar do episódio. Tinha me esforçado tanto para esquecer... Aquele cara sabia mesmo como me colocar no chão.

– Em minha defesa, não sabia que vocês viriam.

– HÁ! – Xandy riu de forma pouco graciosa antes de drenar o conteúdo do copo num único gole. – Pensei que você fosse se defender dizendo que pouco te importa o que Vini faz ou deixa de fazer.

– Isso também – concordei.

– Então não há mais motivos pra ficarmos atravessados um com o outro, né, Viv?

Eu discordava, mas não era hora nem lugar de começar uma discussão daquelas. A última coisa que eu esperava de um pagode era ficar ouvindo desaforo desse cara. Afinal, todo mundo errava. E até podia ser que eu tivesse errado mais que a média, com o lance de criticar os amigos de Vinícius quando aquilo não era o meu direito e tudo o mais, mas um pagodão com música ao vivo estava longe de ser o ambiente ideal para entrarmos nessa discussão.

Isto é, partindo do pressuposto de que eu queria ter uma conversa dessas com ele. O que eu não queria. De jeito nenhum. Nem morta.

– Um brinde pra simbolizar a paz? – Xandy propôs.

Bati meu copo contra o dele para evitar uma resposta verbal. Eu já tinha bebido uma quantidade razoável de cerveja, não custaria muito para eu tropeçar nas palavras. E menos ainda para acabar ofendendo o rapaz com o meu rancor sobre a constante presença dele na vida de Vinícius e as coisas que eu gostaria de ter feito diferente. Dei um gole longo para engolir tudo que estava entalado na garganta e, ao notar que Xandy não podia fazer o mesmo, vi a saída perfeita para o fim daquela interação para lá de esquisita.

– A cerveja tá lá no fundo do quintal – avisei, apontando para onde ele poderia encher o copo novamente.

– Quer que eu traga mais pra você?

– Não precisa, eu tô tranquila.

Tranquila era uma palavra muito forte para uma festa tão barulhenta, mas eu certamente me sentiria menos acuada ao encontrar Layana. Dei mais uma escaneada no espaço até enfim encontrá-la no canto oposto. Me direcionei até lá o mais rápido que pude sem perder a elegância.

Me juntei à rodinha em que ela conversava e fingi que entendia sobre o que as pessoas ali estavam falando, balançando a cabeça em momentos estratégicos. Mas, na verdade, ainda estava assombrada pela presença dos amigos de Vinícius e temerosa que outro deles viesse me cumprimentar, mesmo depois de tudo que já aprontei com eles...

– Esse é o tipo de coisa que é melhor se manter o mais afastada possível – Layana opinou para a rodinha.

– Com certeza, sem dúvidas... – concordei, sem ter a menor ideia de qual era o assunto.

Meus olhos não paravam quietos, perigando a saírem das órbitas a qualquer momento. E o momento se agigantou sobre mim mais rápido do que eu esperava. Enquanto Layana se aprofundava no discurso sobre a insalubridade da positividade tóxica da internet, tive um vislumbre da cadeira na qual Vinícius estava e, para meu horror, ele não estava sozinho nela.

Uma garota se encontrava acomodada em cima da perna boa dele. Quer dizer, acomodada era força de expressão, pois, por mais magricela que ela fosse, uma cadeira de plástico jamais comportaria dois adultos com segurança. Poderia desabar a qualquer momento, arriscando Vinícius a quebrar a outra perna.

Seria um desastre. E eu não tinha abertura nenhuma para impedir – o que era frustrante para caramba, levando em consideração que aparentemente eu era a única que percebia o risco daquele possível acidente. Quando a fulana segurou o rosto dele e balançou de um lado para outro, os amigos que estavam em volta explodiram em gargalhadas. Por alguma razão, eles devem ter achado que ver o amigo ter as bochechas espremidas por uma mulher com unhas postiças de qualidade duvidosa era hilário. Eu não vi graça nenhuma, um corte causado por uma unha daquelas poderia dar numa infecção horrível. Mas o que mais me preocupava mesmo era que nenhum dos rapazes fez menção de sinalizar que aquele movimento, por menor que fosse, poderia comprometer ainda mais a estrutura da cadeira de plástico, aumentando o risco de acidente.

Era mais do que eu podia suportar. Aquela galera colocava segurança em último lugar.

Engoli o que restava da minha cerveja e tentei mais uma vez me integrar à conversa que acontecia à minha volta. Mas, se já estava difícil quando meus olhos apenas passeavam pelo lugar, ficou impossível agora que eles tinham encontrado um lugar perfeito para se horrorizar.

Fui saindo à francesa, aceitando que meu comportamento poderia comprometer a paz da única amizade sincera que eu tinha, ao mesmo tempo que tentava me convencer de que não valia a pena interromper o papo sobre positividade tóxica para dar vazão à minha negatividade mais tóxica ainda. Depois eu me resolveria com Layana. A prioridade naquele momento era eu me resolver comigo mesma.

Para falar a verdade, desconfio que tenha demorado para alguém dar pela minha falta.

11

Enxuguei as lágrimas com o dorso da mão e tomei um gole generoso de água, depois mais outro. Era importante repor o líquido perdido. Ainda mais quando a perda se dava por um motivo tão banal quanto um filme que eu já tinha visto mais de dez vezes. Mas era tão triste! O casal não se acertava nunca! Embora claramente tivessem sido feitos um para o outro. Nada dava certo, era como se os acontecimentos tivessem sido arquitetados por algum gênio sádico da ficção.

– Não acredito que vou ficar sofrendo por essa bobagem na mesma intensidade que sofri da primeira vez – funguei, incrédula com minhas próprias reações.

Contudo, minha necessidade crescente de assoar o nariz me forçava a aceitar que meu temor era real. Deixei os créditos rolando na tela e fui ao banheiro. Levei um susto ao ver meu reflexo de relance no espelho: olhos inchados, cílios grudados, nariz vermelho... um horror! Nem meu *baby-doll* de bolinhas conseguia compensar o visual.

Joguei uma água no rosto antes de voltar para a sala. Por mais que a música que rolava junto com as letrinhas na tela fosse animada, a lembrança dos acontecimentos do filme ainda mexia comigo. Como era difícil fazer o amor dar certo... Será que todo casal mal resolvido precisava passar por tantas provações para finalmente se acertar?

Tal reflexão me deu calafrios. Desliguei a televisão e me

encaminhei em direção ao quarto para terminar logo de uma vez com esse dia que mais pareceu uma montanha-russa de emoções.

Mal dei dois passos e comecei a ouvir gritos vindos do lado fora:

– Tá entregue! Quer dizer, *quase*! – disse uma voz levemente conhecida.

– Mas agora é com você, Brubru. Desse ponto a gente não pode passar. Chega de confusão!

– A última memória que temos daí é muito traumática, há-há-há.

A risada de Xandy contrastando com uma verdade brutal fez com que eu me aproximasse da janela e, por trás da cortina, espiasse o que acontecia lá fora.

– Será que ela consegue levar essa carga pesada pra dentro? Sozinha? – um dos marmanjos gritalhões indagou.

Pelos pontos descoloridos e amarelados na cabeça, reconheci como Marquito, um dos amigos de infância de Vinícius. Na época em que tolerávamos um ao outro, eu matizava o cabelo dele para não ficar feio daquele jeito. Tempos que não voltam mais.

E, se ainda havia alguma mínima chance de a finada tolerância voltar, ela foi extinta quando foquei minha atenção na nova integrante feminina do grupo. Provavelmente a tal Brubru – se é que isso era nome de gente, pois mais parecia uma onomatopeia inventada para representar o barulho que os pombos faziam. Ela era simplesmente a garota que vi sentada no colo de Vinícius na festa mais cedo.

E, por mais que ferisse meu orgulho, tinha que dar razão a Marquito. Se Vinícius fosse a carga pesada a quem ele se referia, aquela garota baixinha e franzina não daria conta de carregá-lo até a casa da minha avó. Em especial se ele estivesse bêbado e, a julgar pelo volume das vozes, era exatamente o caso.

– Eu me garanto – ela disse, contradizendo a voz da razão. Ou contradizia a voz irritante na minha cabeça, que criava cenários desastrosos que nada tinham a ver comigo. A voz insistia em dizer que Vinícius cairia no meio do caminho e machucaria o pouco que restou de saudável nele. Mandei a voz calar a boca porque queria ouvir com atenção a conversa que ainda rolava lá fora.

– Vai que é tua, Bruninha! Mulheres no comando! – Xandy não perdeu a oportunidade de bancar o feministo. – Além do mais, ele trouxe uma das muletas, você não vai ser o único ponto de apoio.

– Isso se ele ainda tiver alguma noção do que significa a palavra equilíbrio – Maromba pontuou, comprovando que minha teoria sobre o estado etílico de Vin estava mais que correta.

– Não é pra tanto, galera. – A voz de Vinícius veio de dentro do carro. – Fazia tempo que eu não bebia, mas vaso ruim não quebra.

– Só acredito vendo. – Xandy enfiou metade do corpo dentro do carro e puxou a perna engessada de Vinícius para fora.

Marquito e Maromba se aproximaram para ajudar a levantar a carga pesada e lhe entregar a muleta.

– Agora é com você, meu chapa. – Maromba se despediu com um aperto de mão elaborado, cheio de manobras radicais.

– E comigo! – A tal Bruninha se enfiou embaixo do braço livre de Vinícius, passando-o por cima de seus ombros.

– Boa sorte na missão. – Xandy bagunçou o cabelo arrumadinho da garota antes de entrar no carro e fechar a porta.

Nunca vi ninguém ter tanto prazer em ser inconveniente, cruz credo.

– Eu não preciso de sorte – ela berrou em direção ao carro, mesmo depois de ele ter arrancado.

– Talvez precise, sim – Vinícius rebateu, ao tentar apoiar parte do peso na muleta e se desequilibrar com a irregularidade do meio-fio.

– Vai com calma, garotão. – Bruninha o segurou firme pela cintura, poupando-o da queda. Ato que deveria me encher de alívio, pois não queria que ninguém ali se acidentasse mais do que estava acidentado, mas, na realidade, gelou meu sangue, parando o fluxo nas minhas veias por completo quando ouvi: – Já me considero sortuda pra caramba por poder agarrar você assim.

Vinícius riu da cantada meia-tigela dela.

Riu!

Em alto e bom som. Dando aquela risada ondulante que dava quando achava algo realmente engraçado, não a que usava para rir por educação.

Eu tive vontade de chorar. Sabia que não estava no meu direito, mas tive mesmo assim. Fazer o quê?

A vontade só se intensificou quando a maldita risada dele cessou e ele falou:

– Mas é melhor a gente não abusar da sorte, vamos entrar logo de uma vez antes que a gente se esborrache no chão.

– Seria tão ruim assim? – ela indagou, ao começar a caminhada ainda com os dois braços bem firmes em volta dele.

– Nesse calçamento desnivelado? Com certeza – Vinícius respondeu após alguns passos.

Não deu para ouvir o que ela falou em seguida, porque sua voz saiu num sussurro perigosamente perto do ouvido dele. Ele riu em resposta *de novo*. Mas dessa vez identifiquei notas de educação. Ou talvez fosse minha imaginação fértil trabalhando a meu favor. Porém, não acreditava muito nessa possibilidade, pois se havia algo que minha cabeça fazia bem era jogar contra a própria sanidade.

Aliás, foi exatamente por esse caminho que minha imaginação se enveredou depois que eles entraram. Um milhão de cenários se desvelaram diante dos meus olhos, um pior que o outro, todos protagonizando Vinícius e a tal Bruninha. Minhas entranhas não paravam quietas, se revirando em todas as direções possíveis. E algumas impossíveis também.

– O que tá rolando? Que merda é essa que tá rolando? – eu me perguntava a cada minuto.

A pergunta se dirigia ao andar de baixo, onde os dois tinham entrado. E também a mim, que me surpreendi com minha própria reação. Quem diria que mesmo depois de meses terminados eu sentiria um mal-estar tão visceral?

Afinal, eu esperava o quê? Que ele ficasse sozinho para sempre? Que corresse atrás de mim até o fim dos tempos? Um gosto amargo se alojou na minha língua quando cheguei à conclusão de que gostaria que a resposta para as duas últimas perguntas fosse sim.

Na mesma medida em que reconhecia o absurdo daquilo, me senti profundamente patética, e até um pouco ingênua. A vida das pessoas não seguia um roteiro de altos e baixos com finais emocionantes como o filme que tinha acabado de ver.

A essas horas, Vinícius e Bruninha deveriam estar se deleitando com a realidade de fazer tudo o que desejavam bem em cima da minha cama. E não seria o descompasso do meu coração, o embrulho do meu estômago ou o tremelicar do meu queixo que os pararia.

Eles estavam certos, a vida foi feita para ser aproveitada. Errada era eu que passei um tempão recusando convites só pela possibilidade de dar de cara com Vinícius em um dos eventos.

Essa atitude precisava mudar. Eu *necessitava* seguir em frente.

Minha história de amor com Vinícius acabou havia mais ou menos oito meses. Já passava da hora de aceitar. Assim não dava para ficar. Repeti esse pensamento muitas e muitas vezes dentro da minha cabeça, tanto que ele adquiriu uma cadência sonora de mantra, tipo: *assim não dá pra ficar, assim não dá pra ficar, assim não dá pra ficar,* om.

Só saí do meu transe minutos mais tarde, quando Bruninha apareceu novamente do lado de fora da casa, fechando o portão da frente com cuidado. Não fazia ideia de quanto tempo ela tinha ficado lá dentro. E muito menos tinha psicológico para calcular se tinha sido tempo suficiente para fazerem aquilo que minha imaginação teimava em sugerir.

Até porque tanto fazia. Pouco importava se eles tinham ficado ou não. A questão era que, durante esses minutos humilhantes em que fiquei atrás da cortina espiando Vinícius ser abraçado por outra pessoa, deixei de acreditar que nossa história de amor algum dia voltaria a dar certo.

12

— Alguma sugestão de destino pra hoje à noite? – perguntei a Layana quando a aula acabou.

– Uhn... A cama? – ela arriscou. – Cada uma na sua, quero dizer. Já me basta Mariana com o sono agitado dela rolando pelo colchão como se fosse um rolo compressor.

Enquanto arrumava minhas canetas coloridas com as tampas todas viradas para cima, arrisquei:

– Tava pensando em algo mais animado.

– Em plena terça-feira, Vivian? Tá pensando o quê? Que a gente tá no Ensino Médio?

– Ter vinte e dois não nos coloca tão distantes assim...

– Depende do ponto de vista. – Ela fechou a bolsa com um puxão barulhento no zíper. – No quesito disposição a diferença é gritante.

– Discordo – falei, ao arrumar minhas canetas bem bonitinhas dentro do estojo. – A gente tá na flor da idade. É tempo de sair, aproveitar, ter novas experiências...

– Alguém que usa a expressão *na flor da idade* com certeza não tá na flor da idade – Lay resmungou. – Além do mais, tô mais que satisfeita com as experiências que *tenho*. Você por acaso se esqueceu que dentre elas existe um trabalho exaustivo de segunda a sábado?

– Não quero mais ficar me limitando a fazer só as coisas que tenho que fazer. – Guardei o estojo bem no fundo da mochila.

– Acho que passou da hora de eu começar a fazer coisas simplesmente porque *quero*.

– E o que você *quer* fazer? – Layana se inclinou na minha direção numa pose especulativa.

Um turbilhão de imagens inapropriadas para menores de dezoito anos me atingiu. Não me senti confortável em compartilhar nenhuma delas com minha amiga. Fora isso, me recusava a acreditar que na minha mente não existia nada além daquele tipo de ideia ousada com aquele tipo nocivo de homem.

– Sei lá... – Alisei a capa do caderno enquanto pensava em algo menos tórrido para falar. – Ir a festas, bares, restaurantes com comidas legais, experimentar aqueles drinks da dose dupla que tem toda quarta na Drinqueria Sub-Urbana...

– Nossa, quantas atividades! – Layana pendurou a bolsa no ombro e me olhou de cima a baixo.

Guardei o caderno no compartimento destinado para notebooks para que ele não sofresse nenhum dano. Mochilas cheias de divisórias eram tudo na minha vida, pois além de me darem a possibilidade de colocar cada um dos meus pertences em um lugar específico, funcionavam que eram uma beleza como distração quando alguém te julgava sem dó nem piedade.

– Nunca imaginei todas elas saindo da sua boca numa mesma frase. Tem certeza de que você quer mesmo fazer isso tudo?

– Como assim? – Fechei a divisória onde ficava meu material de trabalho com cuidado e evitei seu olhar.

– Fala sério, Viv, o que tá rolando? Você tá estranha.

– Nada – rebati. – Não sei do que você tá falando.

E fingiria não saber até a morte.

Não fiquei chorando pelos cantos quando terminei com Vinícius e não pretendia chorar agora que desconfiava que ele estava seguindo em frente. Eu lutava todos os dias para manter firme a imagem de mulher batalhadora, não seria uma tal de Bruninha que a derrubaria.

Fora isso, temia que expor meus sentimentos confusos poderia ser interpretado como inveja. E não era isso que tomava conta de mim toda vez que eu revivia a cena de Vinícius sendo agarrado por outra no quintal da minha avó. O que se abatia sobre mim era... uhn... um tipo bem específico de tristeza que eu não sabia como nomear. Ao mesmo tempo, me recusava a bancar a Madalena Arrependida com meses de atraso, porque além de ser deselegante, havia outros métodos de lidar com a situação.

Seguindo em frente, por exemplo.

– Então por que você, Senhora da Rotina Organizada, que tem tudo num cronograma dividido por cores, que regula o dinheiro como se fosse uma máquina de banco e trata seus pertences como se eles ainda estivessem na loja, tá interessada em fuzuês no meio da semana? Você nunca foi disso, seu estilo sempre foi de se acabar de dançar no sábado e curtir um domingo preguiçoso pra começar a nova semana revigorada.

– Pois é! Aí é que tá! – pontuei, com certo incômodo ao notar o quanto eu sou previsível. – Não quero mais ser essa pessoa que se desdobra pra botar a vida em ordem e, mesmo assim, o caos alcança e joga tudo de cabeça pra baixo.

– Então agora você quer *ser* o caos – Layana concluiu.

– É isso aí – confirmei, colocando a mochila nas costas e regulando as alças.

– Só acredito vendo. – Minha amiga deu as costas e caminhou em direção à saída.

Demorei alguns instantes para acompanhar seus passos, passei alguns outros segundos me refestelando tal como uma vilã de novela com a ideia fixa de que Layana não perdia por esperar.

Há-há-há-há!

13

—Espera só um minutinho. Um minutinho de nada. O que te custa? – perguntei ao despertador do celular antes de cobrir a cabeça com o travesseiro.

O aparelho eletrônico não acatou meu pedido, continuou o chamado agudo e repetitivo. Nem o empilhar de uma torre de travesseiros equivalente a um prédio de três andares seria capaz de abafar aquele som enlouquecedor.

– Que sacoooo! – Estiquei a mão até a mesinha de cabeceira para acabar com o suplício logo de uma vez.

Ao contrário do que eu esperava, o silêncio não aliviou a minha dor de cabeça. Mas não perdi muito tempo me incomodando, o sono logo me carregou de volta, provavelmente na intenção de compensar as horas que perdi enquanto estava na gandaia.

Aliás, como era bom estar de volta à minha caminha! Ainda que não fosse a do meu quarto original, dava super para o gasto. Não existia nada no mundo que se equiparasse a poder deitar em um colchão, nem a melhor festa do mundo – o que definitivamente não servia como classificação do evento da noite anterior...

Algum tempo depois, não sabia quanto, abri os olhos em total alerta.

Onde estava? Que horas eram? Perdi a hora?

Tinha a distintíssima sensação de que sim, tinha perdido. Além disso, minha dor de cabeça se agravou, adquirindo um pulsar insistente na região das têmporas, que piorou ainda mais quando me levantei com um movimento brusco. Parecia que meu cérebro tinha encolhido e nadava livremente dentro da minha caixa craniana, ocasionalmente batendo nas bordas e causando uma dor descomunal. Meu aparente encolhimento cerebral pelo menos justificava as más decisões que tinha tomado. De onde tirei que seria boa ideia desligar o despertador assim, sem a menor intenção de acordar? Ou de voltar para casa só quando a manhã estava prestes a raiar? E, pior! Qual foi a *lógica* por trás duas últimas doses de tequila? Eu não tinha combinado comigo mesma que me limitaria a uns copinhos de cerveja só para relaxar do dia cansativo de trabalho? Como terminei cantando *Evidências* abraçada a um monte de desconhecidos num bar?!

Não dava para entender. Muito menos com a dor marretando minha cabeça de dentro para fora.

Água.

Eu precisava de água.

Não só para empurrar uma aspirina bem redonda goela abaixo, mas principalmente para desfazer o gosto pavoroso que se formou na minha boca. Parecia que tinha morrido alguém ali dentro. Talvez meu bom senso. Mas eu não tinha condições de investigar os detalhes desse crime.

Fui como pude até a geladeira, tropeçando duas ou três vezes pelo caminho por conta da falta de lógica no meu caminhar. Escolhi o maior copo da casa na intenção de reunir a máxima quantidade possível do líquido num único recipiente. Porém, qual foi minha surpresa ao me deparar com a garrafa contendo apenas dois dedinhos do precioso líquido! Que tipo de ser desalmado deixava a situação chegar àquele estado crítico?

E como eu morava sozinha agora, só existia uma resposta plausível para tal pergunta: a desalmada era eu. Não tinha mais ninguém em volta para jogar a culpa. Paciência... o que eu queria era minha aguinha gelada.

Quanto mais rápido conseguisse, melhor.

Sem pensar muito, desci as escadas e fui até a casa de vovó. Estava mais ou menos preparada para as alfinetadas que receberia por não conseguir me virar sozinha num quesito tão básico quanto água gelada. Sentia que minha irmã ia se refestelar assim que eu anunciasse o motivo da minha visita. Mas só o que ela disse foi:

– Algum veículo passou por cima de você?

– Eu gostaria que um caminhão-pipa tivesse me feito esse favor – admiti –, tô morta de sede.

Após informar a razão da minha visita, tomei o rumo da cozinha. Sem condições de ficar parada no meio da sala enquanto ela disparava zoações. Muito menos quando ela tinha um bom motivo para me zoar. Era de fato difícil a vida da pessoa que não estava coberta de razão.

Ela chamou meu nome num tom urgente de quem queria interromper meu caminho, mas o latejar da minha cabeça e o receio de ser alvo de chacota me fizeram seguir em frente. Miriam repetiu o chamado e eu apertei o passo. Não tinha a menor condição de lidar com nada que não viesse em um copo de meio litro com gelo até a boca.

Cheguei na cozinha feito uma bala de canhão: pesada e em alta velocidade. E tive vontade de explodir ao me deparar com a cena que se desenrolava em volta da mesa de café da manhã.

– O que tá acontecendo aqui?! – Esfreguei os olhos para me

certificar de que enxerguei direito, embora tudo parecesse um tremendo jogo dos sete erros.

Eu via um erro muito grave bem na minha frente e não sabia o que fazer para corrigir. Aquela garota novamente com as mãos em cima de Vinícius, dessa vez limpando os farelos de pão que caíram na camisa dele.

E o bonito deixando!

– Olha só quem veio visitar nosso doentinho! – Vovó soava *feliz* ao me dar a notícia.

Achei o cúmulo. Além do mais, de onde minha avó conhecia aquela fulana? A pergunta deve ter ficado clara pela cara que fiz, porque vovó logo acrescentou:

– Lembra da Brunna, neta da Dona Ivone das quentinhas ali da esquina?

– Não – respondi ao seguir em direção à geladeira.

– Você já foi algumas vezes lá em casa tomar banho na minha piscina de plástico – a tal Brunna informou, virando-se na minha direção, mas sem deixar de apalpar o peitoral de Vinícius.

– Deve fazer muito tempo – falei enquanto enchia meu copo d'água, tentando soar indiferente ao revirar das minhas entranhas. – Faz séculos que não tomo banho de piscina.

– Ah, faz – ela concordou, com uma risadinha que não tinha propósito nenhum, a não ser apoiar a mão no ombro do meu ex-namorado. – A gente era pequenininha, mas eu me lembro.

– Você *ainda é* pequenininha – Michelle, a criança mais esperta do mundo, pontuou. – A gente é quase do mesmo tamanho.

– Mas eu sou muito mais velha que você – Brunna rebateu. – Sou quase da idade da sua tia.

Por acaso essa garota tinha me chamado de velha?! Engoli a

pergunta junto com a aspirina, empurrando-as com uma quantidade generosa de água. Não queria criar caso com ninguém, muito menos com alguém que me convidou para tomar banho de piscina. Ainda que não me lembrasse do ocorrido, não queria parecer mal-agradecida. Defeito mais feio não existia. Quer dizer, talvez só não fosse pior do que perder a razão e partir de agressão, que, por coincidência, era algo que eu me sentia a ponto de fazer. Mais um afago dela no cabelo raspado de Vinícius e eu perderia minhas estribeiras.

– Quer que eu faça um misto-quente? – vovó ofereceu, se levantando ao sentir a tensão no ambiente.

– Não, vó. Não precisa, relaxa. Já tô de saída – falei, ao tornar a encher meu copo, quase pronta para zarpar dali numa velocidade ainda maior do que a com que chegara.

O pulsar de uma veia no meu olho esquerdo sinalizava que eu poderia fazer uma besteira a qualquer momento.

– Uma bananinha amassada com aveia e mel? Um iogurte?

– Vó, obrigada, de verdade. Mas não vai dar tempo de comer nada, tô atrasadona.

– Nem tanto – Vinícius informou ao consultar o relógio no seu pulso, como se ele tivesse pleno conhecimento do horário do meu curso. – Só uns minutinhos.

Sendo que, quando morávamos juntos, a última coisa que passava pela cabeça dele eram minhas responsabilidades e compromissos. Ele agia como se meu antigo trabalho fosse um desperdício do meu tempo – o que, de certa forma, até que era mesmo, visto que o salão onde eu trabalhava não me deixava explorar a riqueza de serviços que eles tinham a oferecer, me obrigando apenas a fazer cutículas e passar esmalte, nem mesmo nas delícias do acrigel eu podia me aventurar –, mas isso não me impedia de ser uma profissional responsável. E, levando em consideração que eu não trabalhava mais naquela espelunca, e que nós dois não tínhamos mais nenhum tipo de relacionamento, não me dignei a lhe dar uma resposta. Na verdade, nem sequer olhei para ele.

Não *conseguia*. A dor de ver ele sendo tocado por outra mulher bem diante da minha família ficaria evidente. Quer dizer, isso se já não estivesse. Concentrava toda a força que havia em meu ser para não deixar o copo de água tremer enquanto, por dentro, eu desmoronava. E cada segundo que passava ali aumentava o risco de que meu desmoronamento acontecesse em público.

Por essas e outras eu tinha que sair dali. Rápido.

Segurei o copo com mais firmeza e dei meia-volta em direção à porta da cozinha. Murmurei uma despedida qualquer antes de acelerar meus passos.

– Viv – Vinícius me chamou instantes antes de eu alcançar o corredor.

Relutei em virar. O que ele poderia querer me dizer? Valia o preço do incômodo que seria encará-lo? Mesmo sem chegar a uma conclusão de qual seria a resposta, me virei. Tudo para vê-lo indicando seus próprios olhos para fazer referência aos meus e falar:

– Sua maquiagem borrou, não esquece de tirar antes de sair.

Quis forçar um sorriso sarcástico, mas não consegui. Qualquer movimento facial poderia acarretar a descida das lágrimas que se acumulavam nos cantos dos meus olhos. Me limitei a acenar com a cabeça, confirmando que daria um jeito na minha cara, ele poderia ficar despreocupado.

Também tomei cuidado para que nossos olhares não se cruzassem por mais do que meio segundo, não tinha envergadura emocional para encarar o que quer que estivesse estampado nos olhos dele. Fosse a paixão recém-descoberta por Brunna, ou o asco pelo péssimo estado de conservação da minha maquiagem.

Segui minha caminhada o mais rápido que minhas pernas bambas me permitiram. Quando cheguei na sala, Miriam continuava sentada na mesmíssima posição de quando cheguei. A única diferença era o tamanho dos olhos – arregalados – vigiando cada passo que eu dava.

– Eu tentei te parar – ela informou, justificando os chamados desesperados de quando eu tinha entrado.

– Da próxima vez tenta com mais vontade – aconselhei. – Pode me segurar pelo braço ou usar a força física, se for preciso. Sério, o que tiver ao seu alcance, não quero me deparar com uma cena dessas novamente.

– Ai, Vivian... – Ela se levantou e veio em minha direção de braços abertos, pronta para um abraço consolador.

Por mais que a ideia de ser envolvida por braços repletos de carinho e apoio soasse tentadora, não poderia ceder à tentação do conforto agora. A menor demonstração de compreensão me faria vir abaixo num mar de lágrimas. E se Vinícius ou Brunna me vissem naquele estado? Como justificar algo tão ridículo?

– Tudo bem, tudo bem, já passou. – Interrompi o caminho de Miriam com as mãos antes que ela chegasse até a mim.

– Tem certeza? Porque sua cara diz exatamente o contrário.

– Tenho. Acho. – Repensei ao sentir a primeira lágrima escorrendo, aumentando minha urgência de sumir dali. – Só tô de ressaca.

– Hum... Melhoras, então. – Miriam fez uma manobra arriscada e plantou um beijo na minha testa.

A segunda e a terceira lágrimas desceram instantaneamente.

Pelo menos com os olhos lavados de dentro para fora seria mais fácil limpar os borrões de maquiagem. Eu só precisava subir as escadas para dar continuidade ao processo de irrigação, com certeza seria meio caminho andado para uma limpeza de qualidade.

Me despedi da minha irmã com um abraço rápido, mas, assim que fechei a porta da frente, percebi que não foi rápido o suficiente para evitar que novas lágrimas se formassem. Minha visão ficou tão embaçada que mal conseguia enxergar os degraus à minha frente. Só o que via era um borrão cinzento que representava o quintal acimentado que ligava as duas casas. As únicas fontes de cor eram o verde das hortaliças que vovó tentava cultivar sem muito sucesso e o vermelho desbotado da moto de Vinícius estacionada no canto.

Aquele veículo representava tudo que dera errado entre mim e ele. O perigo de como ele o conduzia, as más companhias que andavam de moto junto com ele, minha ausência na garupa... Podia ser que eu tivesse me excedido ao querer regular o quanto ele se arriscava, talvez não tivesse sido saudável o quanto tentei impedir que ele saísse para fazer acrobacias com os amigos. Mas se ele tivesse me dado ouvidos, agora não estaria com a perna engessada e sendo visitado por outra.

Esse pensamento me encheu de uma raiva tão grande, mas tão grande, que interrompi meu raciocínio lógico e simplesmente marchei até aquela máquina de machucar homens. Parei na frente da CG 125 e a observei com atenção: o pó que se acumulava pela falta de uso, a roda de trás muito mais desgastada que a da frente... Resisti ao impulso de empurrá-la no chão. Mas não tive tanto controle quanto aos chutes que sempre fantasiei dar naquela porcaria.

Demorou uns três ou quatro golpes raivosos e com direito a urros guturais até eu perceber que calçava chinelos e que a dor que sentia agora não era apenas emocional. Subi os degraus até em casa mancando, conseguindo me sentir mil vezes pior do que quando desci na vã ilusão de que aliviaria os sintomas de uma simples ressaca.

14

Coração partido? Sim. Pé em frangalhos? Também. Mas não ia ser uma coisa nem outra que me impediria de seguir adiante com minha vida. Eu tinha uma aula importante para comparecer. Além de uma longa jornada de trabalho depois disso. Unhas para lixar, cabelos para escovar e muito mais. Eu dava muito valor ao meu novo emprego, demorei muito para encontrar um salão que me ajudasse a aprender na prática tudo que eu queria saber, ao mesmo tempo que me dava condições de economizar para construir meu próprio negócio.

Pena que era tão longe.

Eu tinha um longo caminho, recheado de transportes públicos pela frente.

Chorei tudo que tinha para chorar enquanto tomava banho. Expulsando a tristeza e o sentimento de que minha história com Vinícius acabara de uma vez por todas, ao mesmo tempo que lavava o cabelo para me livrar do cheiro de cigarro que tinha impregnado nos fios na noite anterior. Ser multitarefas acabava amenizando a dor. Impossível sofrer com propriedade quando sua atenção está focada em não cortar as pernas enquanto as raspa com a lâmina.

Depois de desligar o chuveiro, me proibi de continuar chorando. Não queria que andar de maquiagem borrada por aí se tornasse um hábito. E tampouco poderia me permitir sair de cara limpa rua afora com meus olhos inchados do jeito que estavam.

O jeito foi blindar o rosto com uma camada leve, porém poderosa, usando os melhores produtos que possuía – além de colocar um vestido estampado, bem chamativo, só para garantir que desviaria a atenção das pessoas da minha possível expressão de sofrimento.

Com tudo mais ou menos no esquema, caminhei até o ponto de ônibus aos trancos e barrancos, o pé com que tinha chutado a moto de Vinícius protestando a cada passo. E a cada segundo que eu passei parada também. Tentei me apoiar apenas no pé que não performou o ataque ao veículo de duas rodas enquanto o ônibus não vinha. Contudo, a demora foi tanta que tal malabarismo se tornou insustentável.

Em especial porque, de tempos em tempos, era pontuado pelo rugir do meu estômago: um barulho alto e animalesco que eu temia que fosse ouvido pelas pessoas à minha volta. Talvez devesse ter aceitado o misto-quente que vovó ofereceu. Pouco importava que a troca de carícias entre Bruninha e Vinícius em pleno café da manhã me desse vontade de vomitar.

Aliás, pensando bem, talvez eu tivesse vomitado na noite anterior. Isso explicaria o gosto de morte na minha boca quando acordei, e justificaria, pelo menos um pouco, as más decisões que tomei.

No entanto, nada disso ajudava no suplício em que eu me encontrava agora. Só a chegada do ônibus poderia me aliviar. Ou, quem sabe, um café com leite reforçado no açúcar, acompanhado de um senhor pão na chapa.

A demora do ônibus unida a mais um roncar do meu estômago fez com que eu saísse da desconfiança e alcançasse a mais cristalina certeza de que algumas das pessoas do ponto me olhavam mesmo de um jeito estranho. Não dava para saber se era por conta da minha pose de flamingo, com o pé machucado apoiado no poste, ou pelos barulhos bizarros que eu produzia. De qualquer forma, achei melhor me arrastar até a padaria da esquina como podia: mancando e sedenta pelo cafezinho servido no copo americano.

Ao entrar no estabelecimento, logo notei algo diferente no ar. O cheiro de café mais pungente que o normal, uma claridade pouco característica, mas, até então, nada de mais. Ou melhor, nada que me chamasse mais atenção do que o pulsar dolorido do meu pé. Fiz meu pedido mais preocupada em me ajeitar na banqueta de modo que a dor desse uma trégua do que qualquer outra coisa. Nenhuma posição parecia dar resultado. Comecei a considerar tomar outro analgésico quando uma garota esbaforida, mais ou menos da minha idade, brotou no balcão, dizendo:

– Tá aqui seu café, desculpa a demora. Tive um desentendimento com a máquina.

– Não tem problema. – Peguei a xícara fumegante e já fui adicionando duas colheres generosas de açúcar à mistura.

– *Não tem problema?* – A garota franziu o rosto como se eu tivesse acabado de confessar que agredi um idoso. – Talvez não pra você! Mas pra mim, que passei *semanas* buzinando no ouvido do meu patrão que precisávamos adquirir uma máquina de expresso o mais rápido possível, o fato de eu não saber mexer nela vai ser uma dor de cabeça e tanto.

– Quer uma aspirina? – ofereci.

Acho que o tamanho dos olhos dela, refletindo uma energia caótica, adicionado aos detalhes que ela contou e que não me diziam respeito, inspiraram uma faísca de compaixão em mim.

– Nossa, vou ser obrigada a aceitar. – Ela pegou a cartela da minha mão e tirou um comprimido. – Será que faz mal se eu engolir isso aqui com a ajuda de um energético?

– Melhor seguir o protocolo e tomar com água – opinei.

– Verdade. – Ela se afastou para encher um copo no filtro. – Não tô numa época boa para correr riscos. Vide os problemas que aquele trambolho me trouxe.

Ela indicou com a cabeça a máquina de expresso, que reluzia de tão nova. Outra mudança gritante era a xícara na qual veio o café. Não bastava ser tão branca quanto leite, também vinha acompanhada de um *pires*. Por onde andavam os saudosos copinhos americanos? Inspecionei os utensílios usados pelos demais clientes no balcão e não vi nem sombra deles.

Pelo visto a Padaria Castelos estava passando por uma grande revolução. E eu desconfiava que a principal agente daquela mudança estava bem na minha frente, tagarelando:

– De qualquer forma, obrigada. Que você receba tudo em dobro. Gentileza gera gentileza e tudo o mais.

– Não há de quê, foi de coração – disse, antes de tomar o primeiro gole do café e ser obrigada a fechar os olhos de prazer pela delícia do sabor que invadiu minhas papilas gustativas, a espuma de leite fazia toda a diferença. Talvez eu jamais fosse capaz de tomar um pingado tradicional novamente. – Presente de boas-vindas. Você é nova por aqui, né? Nunca te vi pelas redondezas.

Parte de mim reconheceu que soei tão ávida quanto minha avó quando estava atrás de uma fofoca. A outra parte pouco se importou, queria mesmo saber como aquela garota de aparência tão refinada veio parar ali, na padaria da esquina do Subúrbio do Subúrbio. Ela parecia tão deslocada quanto o branco daquelas xícaras no balcão encardido.

– Pois é, comecei aqui quando o patrão real oficial ficou doente demais para continuar fazendo os pães. E como o patrãozinho regente não faz *a menor ideia* de como lidar com alimentos, ou com nada que não tenha a ver com números, ordem ou regras, diga-se de passagem, foi obrigado a me contratar.
– E o que você tá achando do trabalho? – perguntei, incapaz de me controlar.

Só mesmo uma fofoca fresquinha para me distanciar da cena horrorosa que tinha presenciado na cozinha da minha avó. Dei uma mordida no pão e tomei mais um gole do café com leite enquanto a garota soltava um longo suspiro e ajeitava uma mecha de cabelo castanho que escapou do seu chapéu de *chef*.

– Uma loucura, pra ser sincera. – Ela balançou a cabeça de um lado para outro, como se quisesse escapar da realidade que a cercava, mas só o que conseguiu foi que mais mechas saíssem do seu chapéu.

O cabelo implorava por uma hidratação, percebi. Mas a condição seca e opaca das suas madeixas deveria ser a última das preocupações da garota no momento, porque ela continuou divagando:

– Não era exatamente em um lugar como esse que eu almejava trabalhar, sabe? Nada contra esse visual decadente que algumas pessoas insistem em chamar de tradicional. Mas é que eu estudo Gastronomia, quero ser confeiteira, e aqui é uma burocracia danada pra eu poder assar um *muffinzinho* sequer.

Na minha humilde opinião, um *muffinzinho* viria bem a calhar. Não entendi a razão da burocracia e tampouco tive a oportunidade de perguntar, pois, antes que eu pudesse abrir a boca, *certo alguém* estacionou na banqueta ao meu lado e pediu:

– Um maço de cigarro e um suco de laranja.

Revirei os olhos com a falta de qualidade de vida do pedido.

– Quê?! – a garota perguntou, tão confusa quanto eu.

– Isso mesmo que você ouviu, boneca – ele reiterou o pedido, sem se dar o trabalho de repeti-lo.

– É pra já. – A garota se afastou do balcão com uma expressão de incredulidade no rosto, e eu não soube identificar se era pelo absurdo do pedido ou por ter sido chamada de "boneca".

Na verdade, lhe daria razão independentemente do motivo. Deveria ser um saco ficar à mercê da maluquice de quem quer que aparecesse no balcão. Eu me recusaria terminantemente a atender qualquer um que me chamasse de "boneca". "Gatinha", "princesa" e "psiu" também.

– Equilíbrio é tudo nessa vida – Xandy comentou na minha direção, interrompendo minha lista de vocativos inaceitáveis.

Me vi obrigada, pelas leis da educação, a pelo menos lançar um sorrisinho em resposta. Foi um verdadeiro exercício de sociabilidade conter o muxoxo pesaroso que lutava para sair.

– Cadê os modos? – ele teve a cara de pau de perguntar.

– Ficou lá na enfermaria, naquela vez que você mentiu pra que eu fosse correndo até o hospital – rebati.

Ele deu uma risada espalhafatosa que ecoou por todo o estabelecimento e me fez encolher de vergonha. Não queria que os demais clientes pensassem que aquele traste e eu estávamos tomando café da manhã juntos. Que desprestígio! Nem conseguiria imaginar o disse-me-disse que rolaria pela vizinhança sobre eu andar por aí com um dos melhores amigos do meu ex-namorado. Não que eu me importasse com rumores infundados, mas gostaria de me valer de todos os motivos possíveis para justificar meu distanciamento daquele sujeito.

– Você é uma figura, Vivian... – ele comentou após sua crise de riso infundada. – Mas fala aí, o que você tá fazendo por aqui? É raro te ver dando o ar da graça no maior antro gastronômico do bairro.

– Não é óbvio? – Indiquei meu pão na chapa meio comido enquanto tomava mais um gole do café, só para não precisar me alongar na explicação.

Falar de boca cheia era feio. Além do mais, nada de bonito sairia do avançar daquela conversa.

– Não muito – ele contrapôs. – Porque você enche a boca pra dizer que agora não tá mais com Vinícius, que nada te segura, que não para quieta em lugar nenhum, que fica pra cima e pra baixo tentando ganhar a vida e não sei o que lá...

– Difícil ganhar a vida quando o ônibus não passa – reclamei.

– Ainda mais quando tô com o pé nesse estado.

Levantei a perna para mostrar o estrago, mal acreditando que teria que justificar meus cinco minutos de paz para alguém tão imprestável quanto Xandy. Esse cara simplesmente vivia de brisa, ficava o dia inteiro andando de moto por aí. Nem na oficina, onde Vinícius e a maioria dos seus comparsas trabalhava, ele tinha um emprego. E olha que, levando em consideração o tanto de gente irresponsável que trabalhava lá, deveria ser superfácil ser contratado. Mas Xandy evidentemente preferia garantir sua presença no *point* motoqueiro da cidade ao estragar sua moto com uma frequência alarmante.

Palavras de Vinícius, não minhas.

– Caraca, Vivian, isso tá igual uma bola de futebol – Ele arregalou os olhos ao se deparar com a gravidade do inchaço. – Não vai rolar transporte público pra você hoje, não.

Fazia muito tempo que eu não o ouvia falando algo tão sensato. Quase concordei com a afirmação, mas ele atropelou meu assentir de cabeça com um absurdo:

– Mas pode ficar tranquila que eu tô às ordens.

Antes que eu pudesse agradecer e recusar a oferta com toda a educação, a estudante de Gastronomia apareceu novamente na nossa frente.

– Tá aqui seu suco de laranja. E desculpa a demora, também não me dei bem com o espremedor. Meu negócio é comida, sabe? Massa, bolo, suspiro... Bebidas fogem da minha alçada.

– Relaxa, *boneca*. – Xandy insistiu no erro de chamar alguém que ele não conhecia e não tinha a menor intimidade por um nome que ele não sabia se ela gostava. – Mas, se quiser deixar as coisas suaves entre nós, tenta convencer essa daqui a aceitar a carona que ofereci. O pé dela tá em estado de calamidade pública.

– Nossa, a gentileza gerou gentileza em tempo recorde dessa vez! Nunca vi a roda da vida girar tão rápido! – Ela soou animada com a proposta dele, um perigo.

Eu precisava reverter a situação o quanto antes.

– Aliás, nada a ver, mas qual é seu nome? – perguntei. – Aposto que não é boneca.

– Amélia – ela respondeu, com um pulinho animado. – Mas vocês podem, ou melhor, *devem* me chamar de Méli, igual tá escrito aqui no meu chapéu.

Verdade. Bordado em linha dourada estava escrito *Méli* numa letra cursiva bem estilizada. Minha avó adoraria saber quem foi que fez esse trabalho tão meticuloso. Mas eu deixaria para angariar as informações de pontos e bordados numa outra ocasião, pois agora era hora de ir.

Me levantei e suprimi uma careta de dor ao colocar o pé no chão. Quanto mais rápido eu saísse dali, melhor para a liberdade das minhas expressões faciais. Com isso em mente, peguei uma nota de dez reais e entreguei à garota.

– Foi uma alegria te conhecer, Méli. Tenho certeza de que vamos nos esbarrar muitas vezes por aqui, boa sorte com o trabalho, com o patrão e os *muffins*. Pode ficar com o troco. Até a próxima!

Mal dei um passo até Xandy brotar do meu lado perguntando:

– Vai aceitar minha carona, então?

– Não.

– Vai, *sim*, você vai ver.

Ele jogou o braço por cima dos meus ombros como se isso fosse ajudar a me convencer. Claro que o tiro saiu pela culatra.

– Me deixa em paz, vou chamar um carro de aplicativo.

– Um carro de aplicativo? Vir aqui no Subúrbio do Subúrbio te buscar? No meio do horário do *rush*? Essa é boa! Vou ficar aqui esperando até que você desista. É mais fácil eu abrir um negócio de mototáxi do que alguém vir aqui te buscar.

– Fique à vontade. – Dei de ombros antes de me dar ao trabalho de ir até o balcão buscar uma das banquetas para que ele pudesse esperar sentado, no maior conforto.

15

Méli achou graça quando pedi licença para pegar a banqueta. Deu risadinhas atrás do balcão quando Xandy finalmente se sentou, contribuindo com minha piada. Comecei a pensar que entre ela e eu poderia surgir uma boa amizade. Vinícius ficaria de queixo caído se soubesse que eu estava me tornando amiga de uma comerciante do bairro. Logo eu, que só ia de casa para o curso, do curso para o trabalho e do trabalho para casa! Mas, pensando bem, talvez ele nem ligasse, agora que tinha as conquistas da tal Bruninha para acompanhar.

Contudo, meu espiral de pensamentos não teve muito tempo para se desenvolver, pois do nada minha corrida foi cancelada, fazendo com que eu voltasse a me concentrar em encontrar um novo motorista para me tirar dali. Só que o segundo motorista também cancelou. E o terceiro foi pelo mesmo caminho. Na quarta vez, soltei um palavrão tão cabeludo que Méli se aproximou de Xandy e eu, para dar seu testemunho sobre as desventuras que sofria quase que diariamente com os aplicativos:

– Às vezes me esqueço da vida fazendo pão e acabo saindo daqui muito tarde, quando quase não tem mais ônibus – ela contou, se enfiando no espaço entre Xandy e eu. – Aí fico à mercê dessas tecnologias que mais complicam minha vida do que qualquer outra coisa.

Soltei um muxoxo que combinou tanto com a opinião de Méli sobre as tecnologias quanto com o quinto cancelamento que aconteceu na tela do meu celular.

– Já aconteceu de o ônibus, que mais parece o cometa Halley de tão demorado, chegar antes do carro, acredita?

– Acredito – Xandy comentou, muito embora eu desconfiasse que a pergunta fosse retórica. – Mas esse tipo de coisa não vai mais acontecer quando eu começar a oferecer meus serviços de mototáxi. Eu sempre tô disponível pela vizinhança.

– Isso seria ma-ra-vilhoso! – Méli estava a ponto de saltitar pela padaria. – Porque ultimamente eu tenho pegado uma carona com o patrãozinho até um ponto mais acessível da cidade, o que é um verdadeiro suplício, porque ele sempre encontra algo pra reclamar durante o caminho. E, geralmente, o alvo das reclamações sou eu.

– Sério? – perguntei, abismada, deixando o possível sexto cancelamento de corrida de lado. – O que ele teria pra reclamar?! Você me parece tão... Boa profissional.

– Pois é! – Ela levantou as sobrancelhas, deixando em evidência a enormidade dos seus olhos. – Pode ser que esse não seja o emprego dos meus sonhos, mas eu dou meu sangue pra sofisticar esse lugar, sabe? Pena que o patrãozinho não entende a importância disso.

– Pra ser bem franco, nem eu – Xandy opinou. – Em time que tá ganhando não se mexe, não é o que dizem? Sem falar que tenho saudade dos copinhos americanos.

– Tá vendo?! – Méli se virou na minha direção em busca de apoio.

Fiquei meio sem-graça de dizer que eu também sentia falta dos copinhos. Além disso, ainda estava com a pulga atrás da orelha por ela ter achado a ideia de negócio do Xandy uma boa. Como alguém que parecia tão sensata não se oporia a algo tão arriscado? Será que era eu quem estava problematizando a situação sem necessidade? Me limitei a dar de ombros.

– É por causa de pessoas que pensam assim que o patrãozinho acha que tem razão – Méli continuou seu discurso inflamado contra o patrão mais novo. – E também é por isso que eu posso ficar até amanhã de manhã criticando essa aversão descabida ao progresso. As coisas precisam andar *pra frente*, não ficar agarradas com unhas e dentes lá trás. Isso aqui é uma padaria, não um museu!

– E eu adoraria saber tudo que você pensa sobre o *progresso* desse estabelecimento comercial que sempre foi tão importante pro nosso bairro. Mas que tal a gente continuar essa conversa num outro dia e, quem sabe, até mesmo em outro lugar? – Joguei o convite no ar. – Aqui o patrãozinho ou o *patrãozão* podem chegar a qualquer momento. Além disso, tô mais que atrasada pra aula, vou ter que fazer malabarismos pra não perder o segundo tempo caso um carro não me aceite nos próximos dois minutos.

– Ou você pode aceitar minha oferta – Xandy relembrou.

– Vai ter a honra de ser a primeira cliente do meu mais novo empreendimento.

– E olha que de malabarismos ele entende. – Méli deu uma risadinha.

Eu, no entanto, não achava tão engraçado o fato de Vinícius e seus amigos amarem dar cambalhotas motociclísticas por aí, mas, cada um com seu gosto – por mais bizarro que fosse.

– Mas pode deixar que a carona que te prometi vai ter as duas rodas no chão durante todo o trajeto – Xandy assegurou, interrompendo meu leve julgamento de gostos alheios. – E você sabe... com a minha habilidade na pilotagem é capaz de você chegar lá antes mesmo do primeiro tempo terminar.

– Isso é verdade – Méli corroborou. – De velocidade esses caras *também* entendem.

Fiquei na dúvida sobre de qual lado ela estava naquele embate. Cheguei a olhar com desconfiança para a garota, mas ela me devolveu o olhar junto com um sorriso branquinho e brilhante que quase me fez sorrir também. Talvez eu devesse mesmo tentar ser mais relaxada. Parecia tão fácil para Méli se alegrar com o perigo...

– Isso é – respondi, dando o braço a torcer. – Na verdade, velocidade deve ser a única coisa que eles entendem.

Não me referia apenas à rapidez com que eles andavam, mas também à ligeireza com que alguns deles deixavam para trás relacionamentos de anos e começavam a se envolver com vizinhas aleatórias.

– Então vamos? – Xandy perguntou, se levantando da banqueta e estendendo a mão na minha direção.

– Quem disse que eu vou com você?

– A lógica da situação – ele rebateu, ao dar um passo na minha direção. – E o desconto que vou te dar por ser a primeiríssima cliente da minha nova aventura comercial. E também pra compensar a falta do colete e do capacete com um desenho irado que já tô maquinando aqui na minha cachola.

– Que tipo de desenho? – Méli quis saber, soando mais interessada do que deveria.

Ou, talvez, interessada o suficiente para se tornar a cliente mais fiel de um serviço que nem existia, mas que já me dava frio na barriga ao cogitar apoiar.

– Ah, uma parada bem psicodélica, cheia de cor e notas musicais. E também com uma onda formando um tubo, bem grandona, e um doidão surfando ela com uma moto empinada. O doidão vai ser eu.

Claramente. Tive que me refrear para não opinar em voz alta. E só consegui segurar minha língua de chicote porque tinha uma questão mais urgente para ser tratada:

– Se você vai mesmo me levar no curso, é melhor parar de conversa mole. *Preciso* chegar a tempo, é uma aula importante.

Não tive a oportunidade de explicar que *todas as aulas* eram importantes quando se almejava ser dona do próprio negócio, pois Xandy se aproximou ainda mais, parando a um passo de distância com a palma da mão virada para cima na esperança de receber a minha.

– Então, bora.

E eu poderia estar numa situação de urgência, tendo todos os argumentos que me embasavam em tomar uma decisão correta caindo por terra diante dos meus olhos. Mas nem assim me dignaria a voluntariamente ter contato físico com Xandy. Aquele era o tipo de coisa que eu só faria se minha vida dependesse disso. O que, diga-se de passagem, eu desconfiava que aconteceria assim que eu subisse naquela moto monstruosa.

Mas, como não me sobrou alternativa, caminhei a passos incertos em direção à máquina mortífera. Isso com certeza entraria na lista de atrocidades que eu fazia para continuar sendo a melhor aluna do curso – claro, se eu sobrevivesse até chegar lá.

– Vão com cuidado! – Méli gritou quando eu alcancei a calçada.

Me restringi a dar um tchauzinho com as mãos, nem me dignei a virar para trás. Era perceptível que ela era nova na vizinhança, pois se tivesse o mínimo de vivência no Subúrbio do Subúrbio saberia que Xandy e seus amigos não conheciam o significado da palavra "cuidado".

16

—AAAAAH! – berrei antes de finalmente sucumbir e agarrar na cintura de Xandy.

Assim que meus braços se apertaram em volta dele percebi o tamanho do erro que havia cometido. A circunferência do rapaz era muito menor que a de Vinícius, dando a sensação de fragilidade não só ao seu visual franzino, como também à segurança daquela viagem – por menos sentido que isso fizesse. Até porque, buscar sentido nas situações era uma atividade que deveria ficar em segundo plano quando sua vida corria perigo, como acontecia à minha naquele momento.

Aliás, pouca coisa importava em situações como aquela. Vergonha, aspirações para o futuro, autocontrole... Tudo acabava sendo deixado para trás com a velocidade que a moto corria. Inclusive meu cabelo, que, apesar da proteção do capacete, parecia que ia se soltar do meu couro cabeludo a qualquer momento. Por conta disso, achei plausível gritar mais uma vez.

– AAAAAAAH! – Com toda a força dos meus pulmões.

Afinal, eu gastava horrores em produtos capilares de primeira para manter minhas madeixas hidratadas e brilhantes. Além do mais, a cada acelerada que Xandy dava, uma cena da minha vida passava diante dos meus olhos. Comecei a retrospectiva logo ao virar a esquina da padaria, com a infância cheia de risadas e arranca-rabos com Miriam e, logo na primeira reta, avancei para a adolescência, rebolando até o chão com a galera da escola. Antes mesmo de sairmos do Subúrbio do Subúrbio eu revisitava o último ano do Ensino Médio, batendo cabeça para descobrir o que queria ser quando me formasse e, por fim, a lembrança de conhecer Vinícius, que trouxe um turbilhão inteiro de emoções na minha vida, e tudo com ele pareceu passar ainda mais rápido do que a velocidade dessa maldita moto.

Por pior que fossem as viagens de moto com Vinícius, nada se comparava ao medo pavoroso que eu enfrentava agora. Sentia que a morte chegaria para me buscar a qualquer momento. E o pior de tudo era que nem teria as costas largas de Vinícius para poder me apoiar quando desse meu último suspiro.

Que morte triste e pouco poética...

– Calma, mulher, a gente nem chegou na estrada – Xandy alertou.

A certeza da morte iminente apertou meu estômago, ainda tinha muita água para rolar. Ou, talvez, quem rolaria seria eu. No meio da estrada, ralando a cara no asfalto, enfeiando o enterro para os membros da família e os demais – não que eu tivesse esperança de que viesse muito mais gente além da família. Ainda assim, seria uma tremenda falta de consideração estética da minha parte. E olha que eu estava estudando para ser esteticista!

– Para a moto, Xandy! Por favor, quero descer!

– Para *você*, Vivian. – Ele jogou a cabeça para trás para bater o capacete dele no meu. – Tá me desconcentrando de tanto que você se remexe aí atrás. Nem parece que tem anos de prática andando na garupa de Vinícius.

– Tô arrumando um jeito de pular fora – confessei. – Toda vez que você para num sinal é uma nova tentação.

– Desse jeito a gente não vai chegar nunca – ele ralhou.

– Eu não quero mais chegar – expliquei. – Eu só... Só quero... Ah, pronto, agora eu ia chorar de novo. E dessa vez na presença de alguém que eu não tinha a menor vontade de expor minhas fragilidades. Não existia nenhuma condição de eu explicar o que eu queria para Xandy. Era muito difícil colocar em palavras o tamanho da necessidade de ser rodeada pelos braços fortes e tatuados que não estavam mais abertos para me receber. Não estava disposta a fazer esse esforço por alguém que provavelmente riria da magnitude dos meus sentimentos.

– Olha, Vivian, não faço ideia do que você quer ou deixa de querer, mas sei de uma coisa que você *deveria querer*.

Eu estava tão mal que nem passou pela minha cabeça ignorar o que ele disse, como normalmente fazia. Me limitei a me inclinar em sua direção e perguntar:

– O quê? – Louca para colocar um novo assunto em pauta para ele me fazer escapar desse desejo sem pé nem cabeça que se apoderava de mim com uma força que espremia meus órgãos internos como se estivesse querendo fazer suco deles.

– Na verdade, são duas coisas. – Xandy começou com suas palhaçadas. – A primeira, e mais rápida, é você aparecer lá na Drinkeria SubUrbana pra dar uma relaxada, sabe? Todo mundo vai lá no meio da semana e costuma sair com a alma lavada de tanto cantar e dançar.

– Sei... – respondi, meio ressabiada.

Vontade de visitar a Drinkeria SubUrbana não me faltava, eu ensaiava uma ida à nova sensação do Subúrbio do Subúrbio a cada Happy Hour. O que me faltava era *companhia*. Na minha imaginação, minha grande estreia no novo *point* da região seria acompanhada por Layana e Mariana, muito bem-arrumadas, que ririam

de qualquer piada que eu contasse, ou, quem sabe, por um lindo rapaz doido para me beijar. No mundo real, só o que me restou foi disfarçar minha empolgação e desconversar descaradamente:
— Qual é a outra coisa?
— Quê?! — Xandy perguntou por cima de uma buzina de caminhão que soava como se quisesse passar por cima da gente.

Separei alguns segundos para me encolher e voltar a ver minha vida passando diante dos meus olhos novamente antes de falar, mais alto dessa vez:
— Qual é seu outro conselho não solicitado sobre a minha vida?
— Ah! — Enfim ele captou a mensagem. — Por mais que essa dica prejudique meu futuro negócio, eu realmente acho que você deveria aprender a pilotar.
— Pilotar?! — perguntei, sem ter certeza se ouvi direito.

Podia culpar os barulhos do trânsito, que continuava se movendo de forma furiosa à nossa volta, mas, na real, o que eu não entendi foi o absurdo da informação. Xandy achava mesmo que alguém que rezava um Pai Nosso a cada ultrapassagem seria capaz de controlar uma máquina mortífera daquelas? Nunca vi ninguém mais sem noção que esse cara, juro!
— É sério, pô. Acho que, se você estiver no controle, não vai ficar nessa paranoia toda. É mais simples do que você imagina.
— Como algo que desafia as leis da gravidade pode ser simples?!
— Não dá pra explicar a arte. — Ele deu de ombros ao pegar firme no acelerador, fazendo com que minha alma saísse do meu corpo de vez. — Não é isso que os intelectuais dizem?
— Como é que eu vou saber? — indaguei, me sentindo mole.
— Sei lá, você é tão inteligente, pensei que manjasse dessas paradas.

– Nesse exato momento, eu não sei de absolutamente nada, acho que meu cérebro resetou de vez. Nem tenho certeza se vou chegar ao curso viva.

Fiquei com a impressão de que Xandy riu dentro do capacete, sua risada de porquinho chamava a atenção mesmo em meio aos barulhos do trânsito. Mas, pelo que me constava, não tinha contado nenhuma piada. Aliás, muito pelo contrário! Era muito triste me deparar com a fragilidade da vida assim, de frente e em altíssima velocidade. Pelo menos para mim, esse tipo de questão deveria ser contemplada com calma.

– O que você acha de fazermos um trato? – Xandy sugeriu quando parou em outro sinal vermelho. – Se você chegar no curso com vida, você vai comigo lá na Drinkeria.

– Me recuso a subir nessa moto novamente! – retruquei.

– Existem outros meios de transporte. – Xandy colocou a moto em movimento. – A gente vai até de trem, se você preferir.

Eu não sei dizer se foi a confusão de Xandy ter achado que eu aceitei o convite só por ele ter resolvido a primeira das minhas objeções ou o fato de o caminho a partir daquele semáforo ter sido mais tranquilo, mas acabei chegando ao curso rápido demais para desfazer aquele mal-entendido.

Xandy tirou o capacete, revelando um sorriso brilhante, cheio de diamantes falsos. Eu sorri amarelo, cheia de insegurança quando ele disse:

– Até mais tarde, princesa.

Dei um aceno pouco entusiasmado e fui para a aula maquinando como faria para desmarcar o compromisso sem comprometer a mínima trégua que passou a reinar entre o rapaz e eu.

17

— Alô, Vivian, cadê você?

— Eu tô... – Olhei em volta sem saber o que responder.

– Onde? No trânsito? Mandei um monte de mensagens e você nem visualizou!

– Na verdade, eu... Ainda tô em casa.

Decidi abrir o jogo logo de uma vez, ele morava perto demais para que eu pudesse mentir sem ser descoberta.

– Se arrumando? Ainda? Não precisa se embonecar toda! Tenho certeza de que vai ficar bonita de qualquer jeito. O pessoal tá perguntando por você! Contei que você finalmente resolveu vir.

– Que pessoal? – perguntei, abismada.

Aquele convite que eu nem tinha aceitado direito estava tomando proporções assustadoras. Tinha mais gente além de Xandy me esperando por lá? Quem eram essas *pessoas*?! Os empinadores de moto? Será que Vinícius estava lá com sua namoradinha? Se tivesse, eu não iria nem a pau.

Não que eu de fato estivesse pensando em ir.

– O da escola! A galera que se formou com a gente. O Pato e o Ganso, a Lila e a Meire, lembra? Eles disseram que faz o maior tempão que não te veem!

– Desde a festa de formatura, eu acho.

– Então! Quer oportunidade melhor de reencontrar todo mundo?

Na verdade, eu queria, sim. Numa outra hora, em outro lugar.

Num ambiente mais silencioso para que pudéssemos colocar o papo em dia. Um cafezinho bem aconchegante, de preferência com poltronas macias. Eu gostava de verdade dessa galera, costumávamos conversar bastante no primeiro e no segundo ano. No terceiro ano, não sei o que aconteceu, acabamos nos distanciando.

E, como a vida pós-Ensino Médio costumava ser uma loucura – com uns trabalhando, outros estudando e vários fazendo as duas atividades ao mesmo tempo –, eu sabia que deveria aproveitar a oportunidade. Algo assim poderia levar literalmente anos para se repetir.

Não dava para deixar passar, isso comprovaria a teoria de Vinícius de que eu continuava isolada do mundo. E, mais do que matar a saudade do pessoal da escola, eu queria provar que Vinícius estava errado. Eu mudei. Era uma nova mulher agora, que cedia às pressões da sociedade.

– Chego aí em meia hora – informei, antes de encerrar a ligação.

Fui tomar banho e me arrumar quase na velocidade da luz. Nunca imaginei que seguiria um conselho vindo de Xandy, mas acabei optando por não me maquiar muito. Até porque todas aquelas pessoas me conheceram antes de eu aprender a fazer minha sobrancelha direito, com certeza sobreviveriam à visão do meu rosto sem os contornos nos lugares certos.

Pedi um carro de aplicativo e vi que chegaria dentro da previsão que dei, totalizando vinte e nove minutos. Eu, como toda pessoa normal, adorava estar certa. Contudo, o brilho da estimativa bem dada foi apagado assim que desci para o quintal. Minha intenção era esperar o carro no portão para não desperdiçar nem um segundo sequer, mas logo que desci as escadas ouvi risadinhas vindo do meu antigo quarto. Não precisei me aproximar ou sequer apurar os ouvidos para distinguir que a risada não era a de Vinícius. Eu conhecia as notas dos risos dele do início ao fim – e nenhum daqueles agudos pertenciam a ele.

Ou, pelo menos, eu *achei* que conhecia a risada dele. Porém, algo dentro de mim veio abaixo quando ouvi:

– Assim você me mata, Bruninha.

Tinha um tom de riso inconfundível na voz dele. Era um tom específico que me trazia uma enxurrada de lembranças. Meu corpo ficou gelado e quente ao mesmo tempo, minhas pernas pareciam que perderiam a sustentação. Não era a primeira vez que eu tinha aquela sensação, mas era a primeira vez que eu o ouvia falando naquele timbre com Brunna.

Costumava ser o timbre que ele guardava para mim.

– Dona Vivian? – Um carro parou na frente da casa e o motorista perguntou. – É a senhora?

– Eu mesma. – Forcei um sorriso para compensar a falta de atenção. – Boa noite, como vai? Tudo certinho?

– Tudo em ordem, graças a Deus.

Entrei no veículo e tentei não me sentir mal pelo que acabara de ouvir. Afinal, Vinícius não tinha dito nada de mais, e não era mais da minha conta os nuances do timbre da sua voz. Ele podia usar o tom que quisesse com quem bem entendesse, eu não tinha mais o direito de ficar chateada.

Mas estava.

Não queria estar, mas estava. Só o que me acalentava era a esperança de que a Drinkeria SubUrbana mudaria isso.

Aliás, logo que o letreiro luminoso apareceu na janela do carro, armei meu sorriso novamente. Uma forte onda de despedida e desejos de tudo de bom vinha se aproximando, falei uma quantidade enorme de frases feitas para o motorista. Tudo pelo bem da minha pontuação, que era muito preciosa. Tanto para mim quanto para todo mundo que dependia de carros de aplicativo para se locomover de vez em quando.

Procurei deixar todo o desconforto em relação a Vinícius de lado ao entrar no bar. Sabia que não seria fácil, não dava para desligar os sentimentos na hora em que dava na telha – se isso fosse possível, eu teria providenciado o desligamento daquelas sensações fortes e confusas oito meses antes, no momento do nosso término. Mas, não era porque eu não tinha encontrado a forma de me desvencilhar do turbilhão embaraçoso que era o meu ex-relacionamento, que eu deixaria de aproveitar a oportunidade única de rever meus amigos do colégio.

Eu os deixei de lado por tempo demais, tinha que correr atrás do que perdi. Além do mais, não seria de bom tom desabafar a tristeza, remorso e raiva que estava sentindo pelo meu ex-namorado na presença de um dos melhores amigos dele. Por essas e outras, quando localizei a mesa em que eles estavam sentados, já cheguei falando alto:

– Quem é Vivian sempre aparece!

Eu, particularmente, achava aquele bordão ruim. Mas não disse aquilo para me agradar, e sim para entreter os meus colegas. E, com um pouco de sorte, desviar a atenção deles da minha cara, que deveria estar péssima.

Funcionou.

– Até que enfim! – exclamou Xandy. – Pensei que não viesse mais!

– Na hora certinha! – Meire parecia surpresa.

– Você sempre foi sinistra com essa coisa de planejamento. Virginiana, né?

Antes que eu pudesse confirmar, notei que faltava gente na nossa mesa.

– Cadê o Pato e o Ganso?

– Bateram asas e voaram... haha – Lila informou. – Disseram que tinham umas paradas para resolver.

– Desculpa esfarrapada de quem quer correr atrás de rabo de saia – Meire complementou. – Eles continuam a mesma coisinha de sempre.

E por falar em pessoas que não mudam, me virei para Xandy e perguntei:

– E por que você não foi com eles?

– Tava te esperando, pô! Sou um homem de palavra.

Eu tinha minhas dúvidas. Mas, em vez de expressá-las, decidi mudar o rumo do assunto e ir direto ao que interessava:

– Como é que eu faço pra pedir um drink?

– Deixa comigo! – O suposto homem de palavra se prontificou, ficando de pé em busca de um garçom.

Xandy acabou pedindo um drink que, de acordo com ele, não tinha para ninguém. Ficou combinado que na próxima vez seria eu a responsável por escolher o que beberíamos. Achei o acordo justo, passei a estudar o cardápio como se fosse uma apostila do ENEM. A pouca sanidade que ainda residia em mim dependia da minha concentração em ficar bem. Então eu ia observar cada detalhe ali.

Por sorte, minutos mais tarde, taças que mais pareciam obras de arte foram colocadas à nossa frente. Me senti quase um membro da realeza. Eu e as outras meninas agradecemos de modo efusivo, claramente impressionadas com o nível de elegância do estabelecimento. Quem diria que o Subúrbio do Subúrbio poderia chegar a esse nível de sofisticação?

– De nada, de nada... – Xandy tomou para si o agradecimento que era destinado ao garçom. – Estou sempre às ordens pra apresentar o que há de melhor nos bares da redondeza.

Eu e o pobre trabalhador da noite trocamos um olhar de puro estranhamento enquanto Lila e Meire lançaram sorrisos sem graça ao nosso colega de classe. Com certeza pensaram que ele tinha se confundido. Mas eu convivi tempo suficiente com Xandy para saber que ele era assim mesmo, adorava se meter nas coisas dos outros – e geralmente saía ileso, como agora.

– Um brinde? – ele propôs.

– Um brinde! – Lila levantou a taça. – Às coisas boas finalmente chegando na nossa quebrada!

Meire e eu acompanhamos o movimento. Apesar do tempo longe, eu admirava aquelas mulheres. Esperava poder comemorar desse mesmo jeito com elas quando eu finalmente conseguisse abrir minha clínica de estética bacanuda aqui no bairro. Mas, enquanto meu sonho não se tornava realidade, batemos a borda das taças delicadamente e demos um golinho cuidadoso para não destruir a apresentação vistosa do drink.

Logo o gostinho adocicado e com um toque de azedume me fez deixar a fineza de lado. Dei um segundo gole mais empolgado, e cheguei ao fim da bebida inteira antes que Lila terminasse de contar o que andava acontecendo na vida dela – que, em minha defesa, era um zilhão de coisas.

Algumas pessoas faziam parecer na internet que suas vidas eram incríveis quando, na realidade, não era bem assim. Acho que Lila era o contrário disso. A impressão que eu tinha ao acompanhar seus perfis era a de que ela levava uma vida bem pacata. Ainda morando com os pais e jogando bolinhas para seu cachorro. Porém, o relato elaborado dela me deu acesso a uma outra realidade. Uma que envolvia o trabalho voluntário que fazia numa ONG de animaizinhos abandonados, uma faculdade de serviço social e vários outros eventos beneficentes que me deixaram com a certeza de que ela estava mudando o mundo, dia após dia.

Enquanto eu apenas cuidava da beleza das madames da Zona Sul para pagar meus estudos na esperança de – quem sabe um dia – cuidar da beleza da galera aqui do Subúrbio.

Me senti tão superficial que pedi uma rodada de drink azul. Combinava perfeitamente com a sensação de artificialidade que tomou conta de mim.

Brindamos novamente e Lila continuou o relato. Logo depois disso foi a vez de Meire, que aproveitou para escolher um drink de laranja que parecia uma orquestra sinfônica tocando minhas papilas gustativas. Foi de aplaudir de pé. E foi isso mesmo que fizemos: paramos de lutar contra o volume alto da música e nos entregamos a ela. Batemos palmas e dançamos enquanto Xandy pediu a segunda rodada do seu drink favorito.

Jamais admitiria, mas, até aquele momento, o favorito dele tinha sido o meu preferido também. Ninguém precisava saber. Nossa única necessidade imediata era uma frase de brinde bem espirituosa e inusitada:

– Do terceirão para a noite! – arrisquei.

– Tim-tim! – Lila se juntou a mim.

– Exceto pelo fato de que no terceiro ano você mal olhava na nossa cara – Meire pontuou. – Só tinha olhos pro Vini. Aliás, como é que ele tá?

– Ãhn...

Dei um gole antes de pensar no que diria. Ela não percebeu

pelo jeito que deletamos as fotos um do outro nas redes sociais que nós havíamos terminado? Não ficava claro pelos *stories* que ele andava postando com Bruninha a torto e a direito que ele estava em outra?

— Ainda de perna quebrada, mas bem — Xandy se intrometeu.

— Tá amarradão com umas paradas que vem acontecendo na vida dele.

Eu não precisava saber dessa parte. Por isso, bebi metade do drink todo de uma vez.

Tentei me distrair sambando. Deu certo, as meninas arrasavam demais na dança e Xandy era enxerido o suficiente para não se sentir de fora só porque se mexia como se estivesse perpetuamente em cima de uma perna de pau. No calor do momento, eu acabei abraçando Meire e Lila e abri meu coração sobre o quanto eu me arrependia de ter me afastado delas — e do resto do mundo — quando comecei a namorar Vinícius.

— Acontece — Lila disse, passando a mão no meu cabelo.

Não soube identificar se era uma carícia ou se ela estava ajudando uma pobre infeliz descabelada. Acontecia com as melhores esteticistas.

— É difícil resistir a um gostoso daqueles — Meire opinou. E acho que algo na minha linguagem corporal a fez acrescentar: — Com todo respeito...

— Não, tudo bem. — Balancei a cabeça, concordando com ela.

Muito embora nada estivesse bem. Expliquei que foi com ele meu primeiro namoro sério, que perdi a noção. Hoje eu começava a pensar que, se eu não tivesse deixado todas as minhas amizades de lado, minha relação com Vinícius talvez não tivesse se desgastado tanto. Mas eu acreditava que tudo acontecia por um motivo e eu estava seguindo em frente. Existiam outros peixes no oceano, pagodeiros no pagode ou qualquer outra analogia idiota dessas que queria dizer que um dia eu encontraria outra pessoa tão boa quanto ele. Acabei me emocionando, estava prestes a contar do surgimento de Bruninha quando Xandy pousou a mão no meu ombro e falou:

– Acho que já deu por hoje. Vamos pagar a conta e eu deixo vocês em casa?

Todas concordamos, talvez já tivéssemos exagerado um pouco a mão nos drinks... e eu na emoção. Limpei as lágrimas teimosas que insistiam em correr pelo meu rosto enquanto nos dirigíamos ao caixa. Xandy me guiou pela multidão.

Para ser bem sincera, achei muito gentil da parte dele ter aquela percepção do meu estado e me retirar dali. Pena que minha opinião não se sustentou nem por 24 horas.

18

Novamente acordei com a sensação de ter dormido no meio do deserto. Ainda de olhos fechados, rolei para fora da cama e fui em busca de água. Tinha aprendido a lição, a garrafa da geladeira agora ficava cheia até o talo em tempo integral. Criei a rotina de reabastecer o recipiente assim que o consumia, e foi isso que me salvou depois de ter bebido tanto na noite anterior.

Quer dizer, me salvou em partes, pois, apesar de ter aplacado a desidratação, não alterou em nada o latejar da minha cabeça. Na verdade, talvez tenha até piorado, já que não tinha mais com o que rivalizar. Voltei para o quarto igual uma Beyblade, girando, girando, girando. Se não me deitasse nos segundos seguintes era capaz de despencar no chão.

Esse medo se concretizou quando tropecei no tapete de crochê em frente à cama. Saí voando pelos ares até aterrissar desajeitadamente no meio do caos do colchão. De início, pensei que minha aterrissagem forçada tivesse acontecido em cima do bolo de roupa cativo que migrava da cama para a cadeira e da cadeira para a cama, conforme a necessidade. Contudo, ao apoiar as mãos na superfície para me levantar, notei que tinha algo de errado com a textura daquela montanha.

Tateei as peças de roupa, tirando uma jaqueta e as calças jeans do lugar para descobrir um corpo embaixo delas. Um corpo desacordado. Um corpo *masculino*. E, assim que identifiquei a quem aquele porte borbolético pertencia, gritei:

– QUE PORRA É ESSA? O QUE VOCÊ TÁ FAZENDO AQUI? SAI DA MINHA CAMA!

Xandy protegeu a cabeça com os braços enquanto eu o atacava com um travesseiro.

– Calma, calma, calma!

Por mais que tivesse ouvido, não conseguia acatar ao pedido. Uma chavinha tinha virado em mim, nada além de *flashes* embaraçosos da noite anterior tomavam conta do meu ser.

Que horror.

– Ai! Ai! Peraí! – Xandy berrou em um tom urgente. – A fronha do travesseiro agarrou no meu *piercing*!

A perspectiva de piorar a situação, que já estava péssima, me fez largar o travesseiro no ato. Imaginar minha roupa de cama limpinha manchada de sangue me paralisou. E pensar na possibilidade de que a roupa de cama talvez não estivesse tão limpa quanto eu imaginava me deu vontade de chorar.

O que eu tinha feito para ir parar na mesma cama que Xandy? O que tinha acontecido entre a hora em que saímos do bar até agora? Será que eu tinha dado vazão às minhas frustrações com Vinícius com um dos melhores amigos dele?! Não fazia o meu feitio esse tipo de vingança, mas eu tinha ficado tão chateada com o timbre da risada dele na noite anterior que tudo era possível...

Além do mais, meu quarto cheirava a tragédia.

– Você não se lembra de nada, né? – ele perguntou, ao mesmo tempo que desenganchava o *piercing* da borda rendada do travesseiro.

– Não! – respondi, mais do que depressa, na ânsia de que ele acalmasse meus temores.

– Puta que pariu, que dor de cabeça. – Ele apertou as têmporas com as mãos. – Será que você pode me dar um copo d'água?

Ver as mãos dele teve um efeito esquisito em mim. Dei um passo para trás ao ser atingida por uma lembrança particularmente assustadora: Xandy pegando um dos meus braços e o puxando para cima. Meu pavor só aumentou quando olhei para o braço em questão e encontrei a marca dos dedos dele.

– Acho melhor não.

– Que tipo de ser humano sem coração é você?! – ele quis saber.

– Pois é, eu também tô me perguntando o mesmo – confessei, embora minha ponderação não tivesse a mesma razão que a dele.

– Um copo d'água literalmente não custa nada, Vivian. Pode até ser do filtro, não precisa ser gelada.

– Você não acha melhor tomar a água exatamente do jeitinho que você quer na sua casa?

– Não! Eu tô seco igual a um pau! – Ele declarou ao jogar o resto do bolo de roupa que o cobria de lado.

Minha expressão apavorada deve ter sido tão explícita que ele acrescentou:

– Pau de madeira! Que vem da árvore! Que, na real, nem deveria ter saído das pobres das árvores.

– Isso é... – concordei, aliviada por desviar o foco dos meus problemas para pensar nas mazelas do desmatamento florestal.

– Saudades de quando eu tinha liberdade pra invadir a cozinha dessa casa e pegar o que eu quisesse... – Xandy comentou, interrompendo o derrubar de uma árvore centenária na minha imaginação. – Você já pensou na possibilidade de eu ser Jesus disfarçado? É por isso que não se nega água pra ninguém, sabe?

– Com a quantidade de pecado que você comete todos os dias, é óbvio que isso não me passou pela cabeça.
– Vou lá na sua avó me hidratar. Por mais que ela não vá muito com a minha cara, tenho certeza de que ela não me negaria algo tão simples assim.

Pensar na possibilidade de toda a minha família empesteando Xandy com perguntas sobre como ele tinha ido parar ali tão cedo e desidratado me fez refletir sobre minha atitude ali. Corri até a cozinha atrás da droga da água, voltei logo com a garrafa inteira, um copo e uma proposta:

– Se eu te der água você promete que vai embora logo depois? E de bico fechado?
– Mas...
– É pegar ou largar. – Servi o líquido no copo de forma lenta, quase insinuante, mas, ao lembrar que eu não sabia muito bem o que tinha acontecido na noite passada, decidi parar de graça e terminar de encher o copo numa velocidade normal.

Ele pegou o copo da minha mão e deu uma resmungada antes de tomar tudo num único gole. Então estendeu o copo para mim novamente ao dizer:

– Isso não tá certo. A gente deveria conversar.
– Numa outra ocasião – propus. – Você *prometeu*. E vive enchendo a boca por aí pra dizer que é um homem de palavra.
– E sou mesmo. Tá ligada naquele negócio do mototáxi? Já tô colocando em prática, encomendei o colete e tudo. Fica pronto amanhã.
– Legal... Já saciou a sede? – indaguei, ciente de que poderia ter soado rude.
– Mais um copinho – ele pediu. – Pra manter a cútis nos trinques.

Resisti ao impulso de revirar os olhos e dizer que não adiantaria a quantidade de água ingerida se ele se arriscasse a sair por aí de moto sem capacete, ou não usasse protetor solar – mas me limitei a servir mais um copo.

– Valeu! – ele agradeceu, após fazer um barulho desnecessário de saciamento ao terminar de beber.

– Agora, circulando.

– Sempre tão gentil...

– Meu jeitinho. – Dei de ombros aparentando casualidade enquanto maquinava formas de escoltá-lo para fora.

– Tem certeza de que não quer trocar uma ideia sobre ontem? Aconteceu umas paradas que...

– Absoluta! – disse, ao puxá-lo pelo braço para que ele saísse da cama. – Hoje eu tô corrida, tenho aula daqui a pouco.

– Ah, beleza, *fica pra próxima*. Ontem, na moto, você conseguiu deixar bem claro o quanto você odeia se atrasar pra aula.

– Isso, fica pra próxima – concordei ao arrastá-lo quarto afora.

Me poupei de acrescentar que, na minha cabeça, eu estava torcendo para que a conversa ficasse para a próxima semana, ou, idealmente, para a próxima encarnação. Os poucos *flashes* que chegaram até mim foram suficientes para eu não querer debater a situação tão cedo. Precisava de mais informação e, ao mesmo tempo, tremia na base só de imaginar o que eu poderia ter dito ou feito. Em consequência disso, acelerei meu passo pela sala e saí rebocando Xandy pela varanda.

– Quem diria que alguém tão sedentária conseguiria ser tão ágil! – ele comentou.

– Às vezes é uma questão de necessidade – confessei, ao segurar firme o braço dele para descermos as escadas.

Eu classificava esse como o momento mais crítico do trajeto. Tratei de me posicionar do lado esquerdo para encobrir a visão dele da janela da minha avó. Pois, com seu jeito expansivo e conversador, nada o impedia de avistar alguém na sala e puxar um papo maroto sobre as aventuras de ontem à noite – não teria jeito pior de descobrir tais fatos do que com um membro da minha família como plateia. Por isso, mantive o braço dele preso entre as mãos enquanto o distraía com uma conversa mole:

– E, fora o colete, como vão os planos pra sua carreira de mototáxi?

– De vento em popa, Viv! Já até combinei com Méli, lá da padaria, que vou levar ela pra casa quando ela sair tarde.

– Sua primeira cliente fixa! – parabenizei.

– Isso aí! Valeu pelo apoio e por me ajudar a ter a ideia.

Cheguei a abrir a boca para lembrar que não ajudei em nada, apenas estava lá, de corpo presente enquanto ele e Méli faziam todo o trabalho criativo, mas, antes que eu começasse meu esclarecimento, ele disse:

– Você é demais. – E me abraçou.

Dado o peso da declaração, ficaria chato eu me esquivar. Estacionei a meros três degraus de completar a descida e me deixei ser envolvida pelos braços dele. Até que não foi tão ruim, aplacou um pouco do nervosismo que rodopiava dentro de mim desde que acordei. Claro que eu não tinha expectativas de alcançar o nirvana da tranquilidade ou algo assim, mas pelo menos ajudou.

Por alguns segundos.

Só que os segundos passaram rápidos demais, porque, antes mesmo de eu sentir aquela comichão de interromper o contato e restabelecer meu espaço pessoal, uma voz atrás de mim perguntou:

– Tô atrapalhando alguma coisa?
– Fala aí, cara! – Xandy me largou e abriu um sorrisão com direito à aparição do seu dente cravejado de brilhantes. – Como é que tá? É hoje que você vai tirar essa parada?
– Só semana que vem – Vinícius respondeu, sem um pingo de carisma.
Um silêncio aterrorizante ameaçou se instalar. Eu bem que poderia usá-lo para analisar que a data de Vinícius tirar o gesso se aproximava e eu nem sabia da existência dela. Ou pirar com o fato de estar a poucos metros dele e, ao mesmo tempo, me sentir tão distante. Mas, antes de eu ir mais fundo nessa espiral, Vini perguntou:
– Não vão responder minha pergunta? – Ele cruzou os braços sobre o peito.
Seus músculos flexionados, em vez de me seduzirem, me deixaram apreensiva.
– Xandy já tá de saída – improvisei. – Tem coisas da nova carreira dele pra cuidar. Abrir um novo negócio não é fácil, você sabe.
– Na verdade, não sei, não. – Sua expressão era indecifrável, não havia nem sinal das gargalhadas gostosas que ele tinha dado com Bruninha na noite anterior.
– Eu também não – Xandy foi na onda do amigo. – Tô perdidaço.
– Aposto que Méli, da padaria, pode te ajudar. Aquela garota claramente tem tino comercial.
– Pode crer... – Xandy meneou a cabeça e abriu um sorriso preguiçoso digno de quem não tinha a menor pressa de ir embora, o que contrariava por completo meus planos.
Será que ele não estava percebendo a vibe esquisitíssima que se instaurou no quintal? A qualquer momento, Vinícius lançaria

outra pergunta capciosa e eu não garantia que teria a malemolência necessária para responder.

– Por que você não dá um pulinho lá na padaria e vê o que ela te sugere?

Melhor indagar do que ser indagada, esse era meu lema. A partir de agora, pelo menos, pois ser alvo do olhar de Vinícius estava destruindo a solidez das minhas pernas.

– Boa, Viv! Vou correr lá pra saber o que ela acha do design do colete. Depois te conto o que ela falou.

– Tá bem.

– Aliás, nem te mostrei as referências que encontrei pra estampa, né?! – Ele seguiu no assunto, apesar da minha provável expressão de quem não aguentava mais. – Peraí que vou achar.

Antes que meu estômago caísse em queda livre ou Xandy tirasse o celular do bolso, sugeri:

– Faz o seguinte, me manda por mensagem. Se você não for rápido, a padaria vai encher, Méli não vai ter como dar o parecer dela e você vai ficar sem o veredito final se a arte vai ficar irada ou não.

– Nossa, pode crer. – Ele *enfim* mordeu a isca. – Vou nessa, então. Até mais! Abraço, Vin!

Vin, por sua vez, não disse nada em resposta. Mas, assim que Xandy bateu o portão atrás de si, ele perguntou:

– *Arte irada?!*

– Tô tentando ser mais sociável – justifiquei.

Não que eu devesse explicações a ele, mas, tendo em vista o tom de julgamento contido em sua voz, quis deixar clara a razão da minha escolha absurda de vocabulário.

– Talvez até um pouco sociável demais. – Ele indicou as marcas no meu braço.

Institivamente as cobri com a mão, não sei se foi a atitude mais acertada. Talvez denotasse minha culpa no cartório, o que eu não tinha certeza se tinha. Mas uma coisa estava bem clara na minha mente:

— Você não tem mais o direito de opinar.

— Verdade. — Ele me deu razão ao mesmo tempo que baixou a cabeça.

Aproveitei a interrupção no contato visual para virar de costas e subir as escadas. Eu precisava organizar minhas ideias. E as batidas do meu coração também.

Meio covarde da minha parte, talvez. Mas essa era apenas mais uma falha na minha longa lista de defeitos.

19

Dizem que o tempo cura tudo. Não sei se isso se aplica a tudo, *tudo* mesmo, mas com certeza se aplicava a mim em relação ao que tinha acontecido naquela noite caótica na Drinkeria SubUrbana. Com a correria do dia a dia, a chegada de uma nova leva de boletos e uma gripe chata que pegou Michelle, acabei passando por cima das dúvidas e seguindo com minha vida.

Caminhos que envolviam desmarcações de clientes de última hora, preocupação com a saúde da minha afilhada e a necessidade da minha irmã de ir ao mercado depois do trabalho fazer as compras da semana me trouxeram até aqui, o chão da minha sala, onde Mirian tinha deixado Michelle até que ela pudesse voltar para a casa da vovó – e, no momento, a localidade servia como a escolinha da professora Mixi. Eu prestava atenção enquanto ela rabiscava aleatoriamente no quadro invisível e lançava explicações desconexas. O que eu realmente buscava eram sinais de que a febre tinha voltado. Até então, parecia tudo sob controle, porém um *ping* no meu celular não me deixou seguir com a investigação.

> Acabou que você não falou o que achou das fotos de referência que te mandei

A mensagem dizia, vinda de Xandy.

Responder não estava nos meus planos. Mixi agitava o braço no ar, alegando desenhar um "leião". Eu acompanhava o movimento na tentativa de reconhecer alguma semelhança na silhueta, mas, antes de identificar qualquer mínima parte animalesca, o celular vibrou novamente:

> Odiou?

Confesso que fiquei com um pouco de pena, não sabia o porquê de ele querer tanto saber a minha opinião, mas acabei desbloqueando o celular rapidinho para digitar:

> Só achei que tem muita informação, mas não é de todo mal.

> Méli disse que achou uma miscelânea exagerada de elementos

> Que é basicamente a mesma coisa

> Pois é, hahah.

Com esta última mensagem dele, dei o assunto como encerrado, e comecei a pensar em meios discretos de tocar a testa de Michelle. A gripe a deixou irritável, chorando por qualquer coisa, ainda mais após entender que a constatação da sua febre – que acontecia geralmente após um toque em sua testa – vinha acompanhada de um remédio com gosto amargo. Eu não tirava a razão dela, mas tampouco me eximiria da responsabilidade de zelar pela sua saúde.

– Professora, tenho uma dúvida. – Levantei o braço para deixar o ambiente escolar mais verossímil.

– Pode falar, aluna Dindinha.

Ela entrelaçou os dedinhos das mãos e assumiu uma postura mais professoral do que eu imaginava ser possível para uma criança tão pequena. Eu a amava em todos os seus pequenos detalhes. Que criança fenomenal! Pena que eu teria que armar uma emboscada para verificar sua temperatura.

— Você pode dar uma olhada aqui no meu caderno? — chamei-a para perto.

— Pois não?

Ela colocou as mãozinhas para trás e eu tive que me esforçar para não rir ao apontar para o caderno imaginário com uma mão e fazer cafuné na cabeça dela com a outra.

— Aqui, tá vendo? — perguntei.

— Não. É um caderno invisível!

— Verdade, mas...

Fui interrompida por mais uma notificação do celular. A nova mensagem de Xandy dizia:

> O que acha de ir à padaria encontrar Méli pra continuar a detonar meu trabalho?

— Dinda! — Michelle berrou no meu ouvido.

— Desculpa, desculpa, meu amor! A dinda se distraiu.

— Você quer me fazer tomar remédio ruim! — ela acusou ao tirar minha mão da sua testa. — Que maldade! Vou te dar nota baixa!

— N-não, meu amor — gaguejei, com medo de que ela abrisse o berreiro. — Minha mão escorregou quando vi a mensagem. Peraí que vou responder.

> Acho que seria um sonho virando realidade, hahahah

Digitei, agradecida por ter bom motivo para manter as mãos ocupadas.

> Então a gente tá te esperando aqui

Xandy respondeu imediatamente, fazendo com que a mensagem ficasse marcada como visualizada.

> Vou ficar até a padaria fechar, pra levar Méli em casa pela primeira vez!

– Ah, bom! – Michelle me trouxe de volta para o mundo real, resgatando-me da sinuca de bico que me meti no mundo digital. – Achei que você fosse me forçar a tomar aquela melecura que não serve pra nada, igual a minha mãe.

– Não, a dinda só tá com a cabeça nas nuvens.

– Por que não nas estrelas?

– Boa pergunta. Acho que também poderia ser nas estrelas.

– E nos cometas?

– Também, qualquer lugar longe daqui vale.

– Na praia, então. Você tá com a cabeça na praia!

– Quem me dera... – comentei, ao constatar que, na verdade, minha cabeça estava num lugar bem mais próximo e decadente: a padaria da esquina.

Será que Mirian demoraria muito a chegar? Fazia um tempão que ela tinha saído. Daqui a pouco Michelle começaria a dar pela falta dela.

— Podemos voltar com a aula, aluna? — O cruzar dos braços de Mixi deixou evidente que a ausência da mãe não era o que a irritava no momento, era a minha falta de atenção.

— Claro que podemos! O que você vai me ensinar agora?

— Bichinhos de pelúcia!

Ajeitei a postura, estava pronta para aprender tudo que havia para saber sobre essa ciência tão exata quanto fofa dos bichinhos de pelúcia, porém minha porta foi escancarada sem nenhuma delicadeza e uma montoeira de ecobags passou por ela.

— Como ela tá? Teve febre? Tosse? Saiu catarro? Você viu a cor? — Mirian deu início ao interrogatório antes mesmo de a segunda leva de ecobags chegar à sala.

— Tudo sob controle — respondi.

— Estamos em aula! — Michelle voltou a adotar seu tom professoral.

— Que bom que você tá brincando, meu amor! — Mirian largou as sacolas no chão e esmagou a filha em um abraço. — Tá com uma carinha melhor.

Michelle até tentou se desvencilhar, mas acho que não há nada que pare a força de uma mãe preocupada. Fiquei observando as duas com uma mistura de alívio e coração apertado. Criar um filho era uma responsabilidade danada. Tão grande que eu não sabia se seria capaz de fazer o mesmo.

Sabia que não era algo que eu precisava decidir aqui e agora, mas de vez em quando eu me pegava pensando. Será que eu seria uma boa mãe? Saberia trocar uma fralda com eficiência? Perderia a cabeça se a criança chorasse demais? Sempre fui meio esquentadinha... Além do mais, quem seria o pai? *Teria pai?* Será que algum ser humano na face do planeta Terra seria capaz de me amar e suportar a ponto de sobreviver a uma gravidez ao meu lado e permanecer ali para cuidar de um recém-nascido? Eu achava pouco provável.

— Vivian? O que aconteceu? Pegou a gripe de Michelle? — Mirian perguntou ao enfim soltar a filha.

— Não, só tava pensando...

E, de repente, fui atingida por um pensamento radioativo: o que me levava a crer que eu não estava grávida naquele mesmíssimo momento? Esse era o tipo de armadilha que brotava na minha cabeça de tempos em tempos — e acreditava que estava longe de ser a única mulher a levar essa rasteira —, no entanto, dada a incerteza do que tinha acontecido na fatídica noite em que fui à Drinkeria SubUrbana, existia uma possibilidade de o meu questionamento ser real.

— Tô com medo de perguntar o quê.

— E eu com medo de responder. — Abri um sorriso para dar a impressão de que tudo não passava de uma grande piada, embora meu interior se desmanchasse igual a uma calota polar sendo vítima do aquecimento global.

Balancei a cabeça para jogar o pensamento para longe.

— Vou te dar uma colher de chá e respeitar sua privacidade hoje. — Mirian voltou a recolher as sacolas, provavelmente assustada com minha expressão e movimentos repentinos. — Mas só porque você quebrou um galhão tomando conta da sua afilhada.

— Não foi nada — falei, aproveitando a oportunidade para acariciar os cachinhos de Michelle, tarefa que sempre me acalmava.

— Foi, sim. Pra mim foi tudo, eu precisava comprar um monte de coisa que tava faltando pra fazer uma canja reforçada. Agora que meu bombonzinho vai melhorar de vez.

– Eu não sou nenhum bombonzinho! – Michelle reclamou.

– É, no momento você é uma bolinha de catarro, mas você vai ver depois da canja!

Michelle tapou a boca com as mãos, se defendendo com antecedência da enxurrada de legumes e verduras que seriam forçados para dentro dela. Parecia que ela não conhecia a mãe que tinha.

– Para de palhaçada, garota! Não se trata comida com desdém! Vamos ter uma conversinha séria sobre isso lá embaixo, na casa da bisa. Agora vamos deixar sua tia em paz pra ela seguir a vida dela.

O tom de repreenda da minha irmã me fez ficar bem quietinha. Não parecia de bom tom me intrometer em um conflito entre as duas. Madrinha não era mãe, eu não tinha o direito de dar pitaco na criação de Michelle – por mais que achasse que aquilo não passasse de uma brincadeirinha boba de criança. Me coloquei no meu lugar, falando:

– Voltem quando quiserem! Tô à toa por aqui. – Dei tchauzinhos animados com a certeza de que, apesar do meu discurso bem-intencionado, elas não subiriam aqui tão cedo, a tal conversa entre mãe e filha tinha tudo para demorar horrores. – Não vai ser incômodo nenhum, muito pelo contrário! É sempre um prazer ter a companhia de vocês.

Mirian se despediu com um aceno rígido, enquanto sua outra mão guiava Michelle pelo ombro. Claramente não queria papo, ao contrário de mim, que não tinha a menor intenção de ficar sozinha nessa casa deserta. Minha presença não bastava para preencher o vazio dos cômodos, nem para conter a aleatoriedade perigosa dos meus pensamentos. A sensação era tão forte que me dava vontade de sair correndo. Por isso, sem pensar muito, troquei de roupa e saí de casa.

Achei que andar sem rumo seria a melhor solução para encontrar uma rota de fuga para a bagunça que ameaçava explodir minha mente. Ao atravessar o primeiro quarteirão, percebi o quanto minha estratégia era contraditória. Fugir dos medos nunca foi considerado um bom método para a resolução de problemas, o melhor mesmo era enfrentá-los. Assim, acabei indo parar na padaria e fui recebida por Xandy, de braços abertos.

Respirei fundo e tentei manter uma expressão plácida no rosto. Não era porque estava na frente do meu maior medo que eu *conversaria* a respeito com ele. Não era hora nem lugar.

– Achei que não viesse mais!
– Eu *sabia* que ela vinha – Méli opinou. – Ninguém resiste aos meus quitutes. E à oportunidade de te escrachar publicamente, muito menos.
– Não sei o que é mais tentador! – comentei ao me acomodar num banquinho em frente ao balcão, satisfeita por ter assunto de sobra para me distrair do que eu não queria pensar. – Vou querer um sonho de doce de leite e uma explicação de como alguém pode achar plausível colocar uma moto surfando no mar.
– E o que notas musicais têm a ver com isso – Méli acrescentou.
– Pô, vocês poderiam ter feito essas considerações antes, né? Quando eu estava no meio do processo criativo. – Xandy balançava a cabeça num ritmo inconformado.
– Em minha defesa, não achei que você fosse levar o plano adiante.
– Como não, Vivian? – Ele se exaltou, jogando os braços para cima. – Você foi minha cliente teste! Você *viu* como a coisa funcionou bem.

– Você acelerou tanto com a moto que não consegui ver *nada*! – rebati.

– A rapidez e a eficiência são os pilares do meu negócio.

Troquei um olhar espantado com Méli enquanto ela me dava o sonho. O recheio estava tão abundante que minha boca se encheu d'água. Qualquer outra coisa que pudesse estar na minha mente evaporou ao me deleitar com o sabor açucarado que preencheu meu paladar.

– Mas agora não adianta nem choro, nem vela. O colete já tá pronto – Xandy seguiu falando do seu novo empreendimento.

– Não tem ninguém chorando – Méli pontuou.

– E, se um de nós fosse chorar por conta de um motoqueiro que faz manobras que desafiam as leis da física, esse alguém seria você, Xandy – complementei.

Ele riu em resposta, o que eu interpretei como concordância. Mas ele tinha razão, não havia nada a ser feito sobre a feiura do colete, só lhe restava pensar em um design melhor para quando precisasse de outro.

– Méli, se for pra ficar de papo é melhor você ir pra casa. – Um rapaz saiu da porta misteriosa que ficava atrás do balcão. – Preciso de você aqui amanhã cedo.

Por mais que eu frequentasse a padaria desde pequena, nunca tive a honra de saber o que existia atrás daquela porta. Às vezes minha imaginação voraz visualizava cômodos e mais cômodos recheados de pão doce – pois uma das poucas informações que eu tinha era que dali saíam todas as delícias expostas na vitrine.

– Eles estão consumindo! – Méli rebateu.

– Esse aí pediu um maço de cigarro e um suco de laranja há *horas*.

– O maço tá quase inteiro! – Xandy levantou o pacote de nicotina e morte para provar seu ponto.

– Pensei que você estivesse esse tempo todo lá trás, fugindo do mundo real. – Méli se virou para ficar de frente para o rapaz. – Ou "cuidando da contabilidade", como você prefere dizer.

– Eu vi pela câmera.

– Então quer dizer que, além de tudo, eu ando sendo espionada? – Méli cruzou os braços e fuzilou o rapaz com os olhos.

Eu, no lugar dele, tremeria na base. Méli tinha uma energia efusiva que era magnífica quando estava a seu favor, mas se tornava um tanto quanto assustadora quando se voltava contra alguém. O rapaz, contudo, apresentou apenas um milissegundo de insegurança, abrindo a boca como um peixinho fora d'água para logo depois fechá-la com firmeza e pigarrear. No momento seguinte, ajeitou a postura e fixou o olhar nela – passando longe de se igualar à energia caótica de Méli.

– Tô apenas cuidando do negócio do meu pai.

– Isso eu tô cansada de saber. – Ela bufou. – Mas talvez esse seja seu jeitinho especial de se apresentar pra Vivian e Xandy. Pessoal, conheçam o poderoso chefinho.

– Esse é meu jeitinho especial de dizer que preciso que você venha amanhã no turno da manhã, por isso tô te liberando mais cedo. – O rapaz passou por cima das apresentações.

– O poderoso chefinho tem nome? – perguntei, apoiando os cotovelos no balcão, animada com a chegada de uma nova dinâmica caótica para ocupar minha mente.

– Que poderoso o quê! Eu não tenho poder nenhum. – O rapaz botou as mãos no bolso. – E meu nome é Allison.

– O que comprova minha teoria de que ele me controla por puro *hobby* – Méli opinou enquanto desamarrava o avental.

– Amélia, você pode se trocar lá trás, na área reservada aos funcionários? – Allison pediu.

– Vocês tão vendo o que eu passo? – Méli tornou a bufar enquanto tornava a amarrar o avental com movimentos bruscos. – Volto em um segundo, não vai embora sem mim.

Ela apontou para Xandy antes de atravessar a porta misteriosa.

– Jamais faria isso! – ele gritou em resposta, mesmo que Méli já tivesse desaparecido.

Allison continuou nos encarando, havia algo desconfortável no olhar dele. Acho que Méli tinha razão em reclamar tanto, ele era uma presença incômoda.

– É proibido fumar aqui dentro – ele falou para Xandy.

– É proibido fumar dentro de qualquer lugar – Xandy rebateu ao guardar o maço de cigarro no bolso.

– Relembrar nunca é demais.

Allison deu de ombros e se afastou para atender dois clientes que pararam do outro lado do balcão. Xandy e eu trocamos olhares de estranhamento antes de explodirmos em uma risada. Nem precisei perguntar nada para saber que ele achava Allison tão estranho quanto eu. E Méli provavelmente concordaria com a gente.

Mas, limpando uma lágrima que brotou no cantinho do meu olho por conta do excesso de riso, me perguntei quando foi que surgiu esse tipo de comunicação não verbal entre Xandy e eu. Foi no dia em que fomos para a Drinkeria SubUrbana? Afinal, o que *aconteceu* naquela maldita madrugada? Me perguntei pela milésima vez.

– Prontinha! – Méli saltitou na nossa frente antes de eu cogitar como introduzir o assunto.

– Preparada pra embarcar numa aventura animal?

– Se essa aventura me deixar em casa em menos tempo que o ônibus, eu tô mais que pronta!

– Esse é o espírito!

Xandy abriu a pochete e tirou de lá o infame colete. Gostaria de dizer o contrário, mas a verdade era que o uniforme era ainda mais feio do que eu esperava. Como se não bastasse todo o exagero do desenho, ainda tinha escrito MAGO DO ASFALTO em letras garrafais, o que eu imaginava ser o nome da empresa – embora ele não tivesse tido a decência de me contar.

Talvez ele tivesse se abstido temendo que eu risse do nome escolhido. Bem, ele não estaria errado. Era compreensível o porquê de ele ter se poupado. Porém, minhas ressalvas quanto ao colete não paravam por aí. O tecido parecia de péssima qualidade e eu não conseguia entender como algo claramente feito de poliéster conseguia ter um aspecto tão amarrotado. Acho que a única boa notícia era que ele precisaria substituir aquele show de horror em breve. E assim poderia contar com a minha consultoria e a de Méli, que tinha uma abordagem muito mais calcada na sensatez.

– Até amanhã! – Méli se despediu de quem ficava.

– Use o capacete! – Allison parou o que estava fazendo para instruir.

– É claro que ela vai usar capacete! – Xandy rebateu. – É uma das principais regras do Mago do Asfalto.

Tive que prender a risada ao ouvir o nome em voz alta. A noção passou longe desse processo criativo.

– Vou usar capacete porque *eu* jamais subiria numa máquina mortífera dessas sem estar protegida – Méli se impôs. – Sei que tomo decisões questionáveis de tempos em tempos, como trabalhar aqui, por exemplo. Mas pra tudo tem limite!

– Vou fingir que não ouvi – Allison resmungou.

– Sem brigar, galera. – Xandy esticou os braços para apaziguar os ânimos. – Hoje é um dia de celebração, meu primeiro passo no mercado de trabalho. É uma honra poder contar com minhas amigas, que me apoiaram desde o surgimento da ideia dessa empresa, não vamos estragar o momento com briguinhas bobas.

O discurso de Xandy fez cair uma ficha em mim, tão pesada que parecia uma moeda de ouro maciço.

– Tá, foi mal. – Méli interrompeu meu raciocínio e deu uns tapinhas no ombro de Xandy enquanto o guiava na direção da moto.

– Amanhã a gente continua a brigar, Allison! Fui!

Eles subiram na moto e tornaram a acenar antes de arrancarem. Dei um tchauzinho em resposta sem ter certeza se eles viram o aceno ou minha cara de confusão. De acordo com Xandy, eu era *amiga* dele. E, considerando nossas últimas interações, eu não podia discordar por completo. Isso era desconcertante demais para alguém que viveu a maior etapa da vida como jovem adulta isolada e excomungando todos os amigos de Vinícius.

E, como se minha cabeça não tivesse confusa o bastante, ele empinou a moto com Méli na garupa. Ela gritou tão alto que deu para ouvi-la perfeitamente:

– UHUL! RADICAL!!!!

Realmente existia maluco pra tudo...

20

A constatação que tive na padaria foi tão desconcertante que fui andando meio desgovernada pela rua. Nem mesmo tinha lembrança se me despedi direito de Allison, tampouco lembrava se ele retribuíra o gesto de gentileza – caso a gentileza tivesse de fato ocorrido.

Não era à toa que os amigos de Vinícius me achavam um poço de grosseria. Eu era péssima nessas minúcias do trato social. Contudo, minha principal preocupação no momento era com um amigo de Vinícius em específico, que eu não sabia mais se pertencia apenas a ele. Não que as pessoas pertencessem umas às outras. Por mais tóxica que eu talvez pudesse ter sido no passado, sempre tive essa noção. Mas a ideia de que algumas pessoas achassem que eu tinha esse tipo de pensamento me fez acelerar meu caminhar bruscamente, a ponto de assustar um gatinho que se asseava na beira da calçada.

– Desculpa, desculpa! – eu disse ao bichano.

Ele se virou na minha direção, olhou no fundo dos meus olhos e logo em seguida deu continuidade ao que estava fazendo. Nem para miar em resposta para dizer que entendeu o recado! Eu achava felinos ainda mais misteriosos do que os recônditos da mente humana – e passava longe de entender qualquer um dos dois.

Aliás, essa era a maior razão da minha frustração no momento. E acabei descontando toda aquela energia confusa ao bater o portão de ferro do quintal quando cheguei em casa.

– Ninha? – uma voz dentro da casa da minha avó perguntou.

– Não mora nenhuma Ninha aqui! – rebati ao marchar na direção de onde veio o som.

A janela do meu antigo quarto ficava na lateral da construção, em um corredor que minha avó jurava que um dia faria uma horta para economizar na feira, pulei as ervas daninhas que erradicaram as poucas hortaliças que vovó tinha plantado e entrei no campo de visão dele.

– Oi, Viv, é você. – A expressão de Vinícius se reorganizou ao me avistar, assumindo um ar mais sério.

– Desculpa frustrar suas expectativas.

– É que Bruninha ficou de passar aqui pra gente combinar umas paradas sobre amanhã.

– Legal. – Forcei um sorriso tão bacana quanto o apelido "Ninha".

Um exagero isso de apelido do apelido. Bruninha já não era irritante o bastante? Eu achava.

– Eu vou tirar o gesso – ele contou, mesmo que eu não tivesse perguntado.

– Até que enfim! – comemorei, mesmo que não fosse mais da minha conta.

– É...

Ele quase sorriu. Eu também. Mas, quando nossos olhares se encontraram, algo voltou a endurecer na expressão dele. E acho que aconteceu o mesmo comigo, porque de uma hora para outra me lembrei de coisas que queria esquecer. Sorte que ele pigarreou, cortando minha linha de raciocínio apocalítica e perguntou:

– Tá voltando do trabalho só agora? Tá tarde à beça! Não deixa a galera desse salão te explorar igual fizeram no outro.

– Não, eu tava na padaria. Foi a grande estreia de Xandy no mercado de trabalho.
– Ah.
O clima pesou mais uma vez.
Vini passou a mão pela cabeça, como sempre fazia quando estava nervoso. Eu também achava a sensação do cabelo curto dele correndo contra a palma da mão supercalmante, pena que não podia me dar a esse mesmo luxo – precisava medir minhas ações. Aliás, não sabia por que tinha me alongado tanto na explicação sobre o meu paradeiro. Não lhe devia explicações, mas acho que sua preocupação com a salubridade do meu ambiente laboral me sensibilizou. E, quando dei por mim, estava outra vez compartilhando informações que não lhe diziam respeito:
– Xandy me chamou de amiga, acho que é assim que ele me considera agora.
Minha angústia era tanta que precisei colocar ao menos um pouco dela para fora. Muito sabiamente, decidi compartilhar apenas as partes de que eu tinha certeza.
– Ele sempre te considerou assim. Por que você acha que ele fazia aquelas zoeiras de te chamar com urgência no hospital?
– Pra mim, esse tipo de brincadeira não deveria ser feita nem com o pior dos inimigos.
– Pra *você* – Vinícius se inclinou para fora da janela para dar ênfase à opinião –, mas você já sabe como ele é, tem um jeitinho todo especial.
– E nada convencional – completei com um sorriso.
– Pois é...
Corri o dedo pelo trilho onde passava a janela, achando interessantíssimo como aquelas simples linhas retas podiam levar

toda uma estrutura de metal e vidro para frente e para trás. Aquilo era apenas um dos inúmeros detalhes que passavam despercebidos por mim diariamente. Eu queria me ater a ele para me distrair do silêncio que pairava entre nós e ignorar a agitação que crescia em mim.

Mas, no fim, os detalhes da construção de uma casa velha não conseguiram prender minha atenção por muito tempo. Afinal, eu queria ser esteticista, não engenheira. E, mesmo que minha futura profissão não tivesse nada a ver com nada daquilo, acabei verbalizando o que me afligia:

– Acho que eu sou amiga dele também – falei para os trilhos da janela.

– Eu também acho. Às vezes ele conta sobre alguma coisa engraçada que você disse, você só faz graça com quem tem intimidade.

Levantei a cabeça para espiar sua expressão, ele nem de longe parecia tão surpreso quanto eu – talvez só um pouco desconfiado.

– Juro que não tô tentando me meter na sua vida. – Ele levantou as mãos para provar inocência.

Só que Vinícius não precisava me lembrar de que sabia respeitar os limites de uma relação; além do mais, a visão das mãos dele me fez pensar em outras coisas. Coisas que aquelas mãos faziam e que eram totalmente inapropriadas de serem pensadas enquanto ele aguardava Bruninha na janela.

– Sei que não. – Tratei de botar minha mente de volta nos trilhos. – Imagino que você tenha coisas muito melhores pra fazer do que xeretar minhas novas amizades.

– Também não é assim... – Ele deu um sorrisinho sem graça.

– Não?

Tentei não me animar muito, mas expectativas foram rapidamente criadas. Até me apoiei no parapeito da janela para escutar com atenção o que Vinícius tinha a dizer.

– Claro que não, esqueceu que tô com a perna engessada e mal posso chegar no portão? – Meu estômago afundou e eu amoleci contra a parede descascada, arriscando manchar minha roupa no processo. – Além disso, gosto de saber o que anda acontecendo na sua vida. Xandy falou que vocês têm se encontrado na padaria, que fizeram amizade com a padeira nova.

– Ela ficaria possessa se soubesse que foi chamada de padeira. – Quis rir só de imaginar a situação. – Méli enche a boca pra dizer que é confeiteira, ainda que esteja no meio do curso profissionalizante.

– Você tinha que ser mais assim também...

– Assim como? Boa em fazer bolos, pães e sobremesas?

– Não, se orgulhar do que faz. Não é todo mundo que dá conta de trabalhar, estudar e ainda se preocupar em juntar dinheiro para investir num negócio próprio.

– Bem... – Encolhi os ombros e arrastei a ponta da sapatilha no chão.

– Eu me orgulho muito do que você tem conquistado – ele disse, quase num sussurro, mas eu ouvi muito bem.

Não sei se foi porque eu tinha uma audição de dar inveja, ou por estar perto demais dele. Desconfiava da segunda opção, mas a desconfiança não me impediu de me aproximar um pouquinho mais. Notei que ele fez o mesmo, devagarzinho, como quem não queria nada – embora aquele ínfimo movimento me fez querer muita coisa, muito mais do que eu deveria.

Para piorar, quando nossos olhares se encontraram, o frio

tomou conta do meu interior. E, por mais que Vinícius muito provavelmente fosse a pessoa com quem eu mais conversei na vida, levando em consideração o tempo que a gente se conhecia e o nível de intimidade que um dia chegamos a ter, naquele momento todas as palavras me fugiram. Só eu sabia o quanto adoraria fazer uma tirada inteligente para descontrair o ambiente, mas nada minimamente coerente me passava pela cabeça. Por isso, acabei optando pela sinceridade, enquanto estava ali tão próxima da respiração dele:

– Não sei o que dizer.

– Não precisa dizer nada. Só queria que você soubesse.

– Ah...

E, ainda que houvesse literalmente uma parede entre nós, a amplitude da janela nos dava espaço de sobra para nos tocarmos. Não que nós tivéssemos aproveitado disso até então, mas agora era só no que eu conseguia pensar. Acho que Vinícius também, porque ele escolheu justamente aquele momento para colocar a mão em cima da minha.

O calor e o peso da mão dele fizeram com que meu dedo mindinho instintivamente se entrelaçasse ao dele. Ele sorriu em resposta, aquela boca bem desenhada se abrindo para mostrar os dentes branquinhos... Meu Deus do céu. Talvez eu devesse sorrir também, mas não era exatamente *felicidade* o que eu sentia. Era algo mais visceral, profundo – que me fazia querer jogar a prudência de lado e voltar a sentir o gosto da boca dele, mesmo que eu já soubesse de cor qual era.

A vontade foi tanta que acabei entreabrindo os lábios depois de me aproximar um pouquinho mais. Vi muito bem quando ele passou a língua sobre o lábio inferior antes de chegar mais perto.

Faltava muito pouco para todo o resto de nós se tocar, eu conseguia sentir a respiração dele esquentando a minha pele. Era uma delícia, pena que ele abriu a boca para falar, deixando de lado todas as coisas muito mais interessantes que ele poderia fazer com ela.

– Vivian, eu...

– Vamos deixar as palavras pra depois, Vin – pedi, colocando a mão livre no braço dele.

Pude sentir seus músculos tensos darem uma ligeira relaxada quando ele inclinou a cabeça para o lado e disse:

– Como você quiser, Viv.

Foi a minha vez de ficar aliviada. Desconfiava que, se parássemos um segundo que fosse para racionalizar a situação, encontraríamos um impedimento sólido e coerente que interromperia o que quer que fosse acontecer ali. Eu não queria saber de nada que pudesse quebrar nosso singelo equilíbrio, entendia o tamanho da fragilidade daquilo. Fechei os olhos para ignorar o mundo ao redor ao mesmo tempo em que a mão livre de Vinícius apertou a minha nuca. Era agora ou nunca. E eu sentia em todo o meu coração que seria agora.

Até que:

– Ô de casa, ihul! – Uma voz artificialmente fina soou junto com três batidinhas na porta.

– Já vou! – Vinícius berrou antes de me soltar. – Um minuto!

Dessa vez, o frio que se apossou de mim não me paralisou. Agitei as mãos freneticamente para apressá-lo. Acho que o movimento também foi numa tentativa desesperada para dissipar o que quer que tivesse acontecido ali. Chegamos muito perto de cometer um erro irreparável. Perdi a cabeça por alguns minutos, mas voltei à realidade com um baque ainda mais estridente do que a voz de Bruninha do outro lado da porta. Dei um passo para trás enquanto Vinícius me olhava boquiaberto.

Nunca cheguei a saber o que realmente rolava entre ele e Bruninha, mas ao julgar pelo ângulo de abertura da boca de Vin, havia algo importante o suficiente para que ele perdesse o rebolado com a chegada dela. Fechei os olhos com força, como se isso fosse capaz de me fazer voltar no tempo, ou diminuir o ódio que sentia por mim naquele momento. Não adiantou nada, abri os olhos e tudo continuava igual, com Vinícius inerte e eu me sentindo muito mal pelo que quase tinha feito.

– *Anda logo!* – sussurrei para ver se ele acordava para vida sem que eu precisasse fazer um escândalo.

– Mas, Viv, a gente...

– Não aconteceu *nada*. – Eu me agarrei nesse detalhe com unhas e dentes. – *Nada* – repeti para que ficasse bem claro.

Ele engoliu em seco ao ouvir mais uma sequência de batidas ressoando na porta atrás dele. Aproveitei que ele virou a cabeça em direção ao barulho para dar o fora dali, me afastando da janela e atravessando o corredor em direção à escada na maior agilidade e silêncio possíveis. Assim ele poderia atender Bruninha sem passar pelo constrangimento de dar desculpas esfarrapadas para a minha presença na janela.

Era o mínimo que eu poderia fazer. Até porque eu também tinha certas questões de relacionamento para esclarecer.

21

Enfim, férias.

Para muitos, isso era sinônimo de felicidade, uma miríade de tempo livre e a rara oportunidade de descanso. Para mim, no entanto, aquilo era a manifestação do meu pior pesadelo. O que eu faria com todas aquelas horas em que não estava estudando para as provas e frequentando as aulas? A última coisa que queria era ficar à toa pela casa, correndo o risco de cair num vórtice de paranoia, ou, pior ainda, não ter uma desculpa boa o suficiente para afugentar as tentativas de conversa de Vinícius.

> Viv, tá podendo falar?
> Tava precisando trocar uma ideia com você

Ele me mandou um dia desses no aplicativo de mensagens.

> Ih! Pior que não! Tô na correria!

Respondi alguns minutos mais tarde, resolvendo ir mais cedo para o trabalho.

Por mais que eu estivesse convencida de que ele me faltou com a verdade – pelo menos em algum nível – em relação ao que ele tinha com Bruninha naquela fatídica tarde em que quase rolou algo entre a gente, eu não queria fazer o mesmo com ele. Por isso, apareci no salão onde trabalhava horas antes de começar meu turno e praticamente *implorei* para que eles me deixassem atender alguns clientes.

Foi uma cena um tanto quanto patética, mas minha chefe era muito gente boa, fingiu achar fofo. Além disso, comprometeu-se a arranjar turnos extras para mim sempre que possível. Um amorzinho de pessoa, não tinha nada a ver com a víbora que comandava o salão do meu emprego anterior.

Naquela noite, voltei para casa com os braços quase dormentes de tanto depilar e massagear clientes, mas com o sentimento revigorante de dever cumprido. No dia seguinte, porém, depois de a minha chefe avisar que não havia necessidade de eu dobrar minha jornada de trabalho novamente, recebi uma visita inesperada. Abri a porta cheia de receio antes de ser recebida com um:

– Oiê! Tava morrendo de saudade!

– Eu também, meu amor! – Abracei minha afilhada bem apertado, feliz por não precisar ir até a casa de baixo vê-la. – Mas, espera, por que você não tá na escola?

– Férias, dinda! Igual você!

Michelle saltitou pela sala até chegar no tapete, onde se sentou com as perninhas cruzadas, me olhando com um brilho sapeca.

– O que você tá aprontando, Mixi?

– *Eu?!* Nada! NA-DA!

Ela deu de ombros diversas vezes para reforçar seu ponto, o que só me fez suspeitar ainda mais das suas intençõezinhas infantis.

– Michelle, Michelle... A dinda te conhece como a palma da mão dela... Limpei seu bumbum até outro dia.

Com essa declaração, Mixi explodiu em risadas, se jogando para trás. A visão dos cachinhos dela espalhados pelo tapete era a coisa mais fofa que eu veria hoje. Mal começara o dia e eu já sabia disso.

— Meu bumbum! Dinda!

Ajoelhei no tapete para encher Michelle de cócegas e fazê-la rir ainda mais. Era simplesmente o som mais gostoso do mundo e eu queria que durasse para sempre. Ele afastava toda a dúvida e desconfiança que habitavam em mim. Por isso, controlei meus movimentos coceguísticos para que ela não perdesse o ar todo de uma vez, mas segundos depois ela segurou meus ombros, pausando meus movimentos para falar:

— Tio Vini pediu pra eu vir aqui te chamar pra gente brincar junto lá embaixo.

E quem perdeu o ar fui eu. Como ele se atrevia a fazer uma coisa dessas?! Sabia que existia algo por trás dessa visita matutina de Mixi, mas nunca me passaria pela cabeça que Vinícius arriscaria a segurança da minha afilhada só para entrar em contato comigo.

— Por um acaso o tio subiu com você até aqui? — perguntei, tentando manter certa leveza na voz, embora estivesse borbulhando tal como uma sopa no fogo alto. — Você é muito pequenina pra subir essas escadas sozinha.

— Ele me vigiou da janela da sala! Contou os degráis comigo.

— Degraus — corrigi.

— Tá, degraus, mas vamos lá pra baixo? Ele tá esperando.

Surpreendi a mim mesma ao me levantar, jogar o cabelo para o lado e dizer:

— Vamos, eu tenho mesmo uma coisinha pra falar com ele.

Depois de quase três semanas evitando qualquer tipo de contato com Vinícius, ter um assunto para tratar com ele era um tanto quanto desnorteante. Principalmente por não se tratar sobre o que tinha com Bruninha, nem sobre o que aconteceu – ou não! – entre mim e Xandy. Segurei a mãozinha de Michelle para descermos as escadas em segurança enquanto tentava reafirmar para o meu eu interior que rever Vinícius seria tranquilo. Já tinha visto a cara dele milhões de vezes durante toda a minha vida. Tantas, que a loucura que tomou conta de mim da última vez que nos vimos não daria as caras novamente, e que minha sanidade prevaleceria pelo simples fato de agora eu *saber* que ele e Bruninha tinham algo. Não que ele tivesse tido a decência de me contar, mas ficara óbvio pelo jeito que ele se desconcertou com a chegada dela quando estávamos prestes a colar nossas bocas e assim selar um ato de traição.

Eu queria *distância* de tudo aquilo. *Muito* embora estivesse descendo para ir ao encontro do epicentro daquele caos.

– Tio, consegui! – Michelle anunciou ao pular os dois últimos degraus numa mostra de inconsequência infantil que deixava bem claro o quanto aquela conversa precisava acontecer.

– Mandou bem, pequena! – Vinícius estendeu a mão para que ela batesse sem se dar ao trabalho de levantar de onde estava sentado.

Um acomodado, ainda por cima!

– Quem mandou muito mal foi você, né, Vinícius? Onde já se viu deixar uma criança desse tamanho subir as escadas sozinha?

– Mas eu fiquei...

– Ela me contou que você "ficou vigiando" – cortei a desculpa esfarrapada dele logo de cara. – Mas, fala sério, o que isso significa na prática? Se ela caísse você ia conseguir correr até lá pra impedir que ela se machucasse?

Ele encolheu os ombros e sua expressão desmontou inteira, finalmente tomando dimensão da sua irresponsabilidade.

– O máximo que você conseguiria fazer, sentado aí igual a um sultão, seria ligar pra uma ambulância quando ela estivesse estatelada no chão, se esvaindo em sangue.

– Que nojo! – Michelle tapou os olhos.

– Calma, Viv, também não é pra tanto.

– É pra isso e muito mais! – gritei, abrindo os braços, dando vasão a toda a frustração que me carcomia por dentro. – Muito, muito mais!

– Você tá assustando a criança. – Ele indicou Mixi com a cabeça, que agora estava com os ouvidos tapados em vez dos olhos.

Vinícius esticou o braço para puxá-la para si e minha afilhada se aninhou nele feito um passarinho. Me senti mal. Mal e com ciúme. Não de Mixi, porque ela era meu cristal mais precioso e poderia fazer o que quisesse, mas comecei a imaginar Bruninha naquela mesma posição. E em muitas outras! Minha imaginação foi muito mais longe do que eu gostaria. Eu estava *exausta* de ser consumida por essa sensação. Estava fazendo mal não só a mim como também às pessoas ao meu redor.

– Desculpa, a dinda se exaltou.

– Só parem de brigar – ela pediu, com o rosto ainda enfiado na manga da camisa de Vinícius.

– A gente só tava conversando, meu amor.

Vinícius me lançou um olhar com sobrancelhas levantadas que comunicava muito claramente que minha mentira não ia colar. Pelo menos nisso ele tinha razão. Não que eu estivesse disposta a contar isso a ele. Até porque, nem deu tempo, Vinícius se pronunciou logo em seguida:

– Por falar em conversa, eu queria...

Dei um passo para trás, me afastar daquela armadilha era primordial. Igualmente importante era a necessidade de arrumar uma desculpa para sair dali. Caso contrário, Vinícius me prenderia ali num papo que provocaria emoções fortes demais para serem presenciadas por uma criança de quatro para cinco anos. Michelle já tinha sido traumatizada o suficiente para uma manhã de férias.

– Tenho que ir – guinchei, apontando com o polegar para qualquer ponto aleatório atrás de mim.

– Pensei que a gente fosse brincar! – Mixi protestou enquanto eu dava passos desajeitados em direção ao portão, ainda sem saber qual seria o meu destino.

– Eu também, pequenina. – Ouvi Vinícius resmungar logo após eu virar de costas para eles. – Mas não fica triste, a gente pode brincar só nós dois. O que você acha de jogo da memória?

Eu achava péssimo. Minha memória estava repleta de imagens que não eram brincadeira, não. Ainda bem que o convite não foi direcionado a mim. Até porque, àquela altura, com meus passos longos, eu já me encontrava longe da casa da minha avó, andando pela rua sem destino. E, pior, sem estar vestida de acordo. Meu shortinho e a regata surrada não me deixariam ir muito longe.

Fui parar na padaria da esquina por pura praticidade. Mas, antes mesmo de entrar, fui cumprimentada pelo cliente mais fiel do estabelecimento.

– Chegou na hora boa! – Xandy levantou um cafezinho no copo americano cheio de orgulho.

– Acabei de fazer uma fornada de *palmier*, apesar dos protestos do chefinho – Méli informou.

Allison se limitou a jogar um pano por cima do ombro e revirar os olhos.

– O que você vai querer, Vivian? – ele perguntou.

Troquei um olhar com Méli antes de responder:

– Um *palmier*.

Allison balançou a cabeça em um ritmo decepcionado enquanto pegava meu pedido. Méli fez uma dancinha discreta em comemoração à sua pequena vitória. Mas Allison acabou surpreendendo a nós duas ao pegá-la no flagra quando me entregou o *palmier* em tempo recorde – certamente viu os movimentos dançantes de Méli com o canto do olho.

– Não vejo a hora de as aulas dessa aqui recomeçarem e nossos horários voltarem ao normal – Allison desabafou, indicando Méli com a cabeça.

– Quando minhas aulas voltarem, você vai sentir saudade de ver meu lindo rostinho todas as manhãs – Méli rebateu.

– Duvido muito! – Allison não ficou calado. – Saudade eu sinto dos clientes, que são quem sustentam o negócio. Aliás, adoraria ver mais vocês dois aqui pela parte da manhã.

– Por mim tudo bem. – Xandy deu de ombros. – Aqui é o melhor ponto do bairro pra arranjar passageiros pras minhas corridas e, além do mais, o pão na chapa de vocês é meu jeito favorito de começar o dia.

O *meu* jeito favorito de começar o dia era não ter que ver Vinícius totalmente integrado com minha família logo na primeira hora da manhã. Sendo assim, o convite de Allison fazia total sentido para mim.

– Por mim também – falei. – Mal posso esperar para experimentar as próximas aventuras de Méli na confeitaria.

– Vivian, pelo amor de Deus, não dá ideia! – Allison não se preocupou em mascarar seu desespero.

– Eu não preciso de incentivo – Méli garantiu. – Mas posso assegurar que você não perde por esperar.

– Assim que eu gosto! – Brindei meu *palmier* com o café de Xandy e dei uma mordida ambiciosa.

A massa derreteu na boca na mesma hora, uma delícia, como tudo que Méli fazia. Até que transformar o café da manhã na padaria em um ritual tinha suas vantagens. Ver a cara de pavor de Allison toda vez que Méli adicionava um novo quitute à lista de futuras receitas era apenas uma delas. Mas a vantagem principal mesmo era poder buscar o momento ideal para conversar com Xandy sobre o que afinal aconteceu naquela noite em que ele dormiu lá em casa, com bastante calma e tato.

22

Que correria! Em poucos dias o marasmo das férias se transformou em um agito frenético. Não que eu estivesse reclamando. Não estava, de jeito nenhum! Na verdade, aplaudiria a mudança repentina, se tivesse tempo.

Para ocupar as manhãs em que meus serviços não eram requisitados no salão, consegui umas clientes no bairro. Foi Xandy quem me deu a ideia de fazer pacotes promocionais durante esse período de férias, assim eu começava a conquistar uma clientela fixa antes mesmo de abrir minha clínica.

Para alguém que idealizou a estampa de um motoqueiro surfando uma onda com notas musicais, até que a sugestão foi bastante pertinente. E ainda por cima passou a render um bom dinheirinho. As economias para meu futuro negócio agradeciam. E eu também:

– Xandy! Valeu mesmo! – berrei ao passar na frente da padaria e ver que ele estava por lá, papeando com Méli, como sempre ficava entre uma corrida e outra. – Hoje eu tô com a agenda cheia! Tenho três clientes agora de manhã e uma depois do trabalho!

– E não tem tempo nem pra tomar um cafezinho?

Antes mesmo de eu explicar que gostava de chegar na casa da cliente com uns minutos de antecedência e preferiria deixar o café da manhã para depois, Méli informou:

– Hoje eu fiz *cupcakes*!

– Como você convenceu Allison a permitir essa extravagância?

– Interrompi meu trajeto só para tentar entender como esse acontecimento improvável se deu.

– Não precisei convencer, quando ele viu já era tarde demais.

Foi possível ouvir a satisfação maquiavélica na risada dela até mesmo estando parada na porta da padaria. Talvez tivesse sido um pouco demais para quem estava do mesmo lado do balcão que ela, porque Allison se apoiou com os dois braços sobre a estrutura de fórmica ao abaixar a cabeça e declarar:

– Eu sabia que seria um erro meu pai dar a chave da padaria pra ela.

– Tenho certeza de que o senhor seu pai vai ser muito mais receptivo ao meu bolinho do que você – Méli rebateu.

– Você precisa parar de encher o velho de doces, ele tá em *tratamento*.

– É só uma alegria no dia dele! O pobre fica lá, deitado, sem fazer nada!

– É *repouso*! Faz parte da recuperação dele! – O tom de voz de Allison subiu.

Eu, muito sábia e discreta, retomei meu caminho com passinhos bem pequenos, pois, além de ter hora marcada com a cliente, mantinha assuntos em aberto que ainda não sabia como conduzir. Mas sabia que, em meio a uma discussão entre Allison e Méli, seria impossível abordar o tema – eu já tinha tentado. Por isso, tentei seguir em frente, contudo, antes de concluir minha fuga, Méli virou para mim e perguntou:

– Vivian, fala sério, você teria coragem de chamar essa coisinha linda de erro?

Ela levantou um *cupcake* com cobertura lavanda e granulados em formato de estrelas rosas. Conhecendo o talento dela para doces, instantaneamente fiquei com água na boca. Tive que engolir a saliva para falar:

– Jamais!

– Então, por que você não entra e vem comer um? Se deixar pra depois corre o risco de ficar sem!

Aí ela me pegou e acho que sabia disso – o levantar de uma das suas sobrancelhas combinado com a covinha no seu sorriso passava essa impressão. Imaginei que Allison deveria se sentir assim diariamente.

– Essa parte lilás tem gosto de nuvem – Xandy contou.

– É algodão-doce, cara! – Allison corrigiu, o que me deixou com a pulga atrás da orelha sobre quantos bolinhos ele comeu para descrever o sabor incomum com tanta precisão.

A covinha de Méli estava ainda mais marcada quando entrei na padaria. Fiquei na dúvida se era por eu enfim ter dado o braço a torcer ou pelo que Allison tinha dito. Mas, independentemente da razão, ela colocou um dos *cupcakes* num prato e me entregou, junto com um garfo e uma faca.

– Quem come *cupcake* de talher? – Allison indagou.

Preciso confessar que nessa eu estava com ele.

– Não sei, coloquei por via das dúvidas! Vai que tem cliente que gosta de comer assim!

– Aqui não vai ter cliente desse tipo, Amélia. É uma padaria de bairro, não uma *boulangerie*! Você precisa entender logo de uma vez os limites de cada comércio.

– Não existe limite pra comida gostosa! – Méli praticamente rosnou para Allison.

Nessa parte eu estava de acordo com ela, mas, dada a tensão espinhosa que pairava entre os dois, resolvi me abster de tecer comentários. Acho que Xandy resolveu ir pelo mesmo caminho, porque bebeu seu café todo de uma vez, possivelmente na intenção de manter a boca ocupada. Porém, ao pousar o copo sobre o balcão, ficou nítido pelo retorcer da sua expressão que acabou queimando a língua no processo. E, por mais que eu devesse ser empática, sabendo que esse tipo de coisa era desagradável e poderia acontecer com qualquer um, uma risada teimosa me escapou pelo nariz.

Xandy olhou para mim parecendo um tanto abismado, mas não conseguiu sustentar a seriedade nem por dois segundos, logo abriu um sorriso e se inclinou na minha direção para comentar:

– Acho melhor a gente ficar quieto. Sinto que nossa segurança tá em jogo.

Uma memória perturbadora tomou conta de mim: Xandy fazendo esse mesmo movimento no meu quarto, *na minha cama*, depois de voltarmos da Drinkeria SubUrbana. Tal cena foi mil vezes mais perturbadora do que queimar a língua com café, ou com qualquer outro líquido em estado de ebulição.

Era sempre assim, quando eu menos esperava um *flashback* me tomava de assalto e me desorganizava inteira. Nas outras vezes, eu tentara dar uma de Sherlock Holmes e investigar a lembrança mais a fundo, na ilusão de conseguir uma resposta conclusiva sobre o que tinha acontecido sem precisar passar pelo constrangimento de debater isso com Xandy e ter que assumir que não me lembrava da ordem correta dos fatos. Mas nada feito, minha cabeça jogou contra mim em todos esses episódios. Uma tremenda de uma traidora, isso que ela era.

E meu maior medo era que eu, em minha totalidade, também fosse. Mas dei uma olhadela para o jeito enérgico com que Méli gesticulava e me abstive de entrar em qualquer tipo de tópico sensível. Ela mexia os braços em tantas direções que me fez ficar com a pulga atrás da orelha de que a qualquer momento estouraria um conflito mais sério – ou, pelo menos, mais corporal, por assim dizer – atrás do balcão. Assim, por questões de segurança, também achei melhor ficar na minha.

– Até porque, nada nessa discussão nos diz respeito – complementei o conselho de Xandy.

– Isso é – Xandy me deu razão, com o "s" meio frouxo por conta da queimadura. – Mas tem uma outra parada pra discutir, né?

Olhei do meu *cupcake* meio comido para o relógio, tentando ignorar o frio que tomou conta do meu estômago. Talvez eu tenha demorado tanto para abordar o assunto que ele tivesse decidido tomar as rédeas da situação.

O tom de voz de Xandy dava a entender que a parada era séria, mas será que a tal parada poderia ser discutida em menos de dez minutos? Eu julgava que não, levando em consideração que dias e mais dias se passaram sem que eu conseguisse encontrar o momento ideal para ao menos introduzir o assunto. Mas, com a gritaria crescente da briga de Allison e Méli e a forma nervosa que Xandy alisava seus fiapos descoloridos no cavanhaque, achei melhor nem perguntar.

– Não posso me atrasar – esclareci.

– Beleza. – Ele equilibrou um cigarro atrás da orelha, o que ia contra o meu ideal de agilidade, além de passar totalmente por cima da minha suave dica de que eu não queria falar sobre o assunto. – Só queria saber o que você tá achando desse lance do Vini.

– Que lance? – perguntei, endurecendo minha postura no

banquinho, as possibilidades eram tantas que decidi seguir o caminho mais óbvio: – O lance com a Bruninha?

– Uhn... – Xandy coçou a cabeça num ponto em que era descolorido de um jeito particularmente amador. – Bem, foi ela que me contou essa parada mesmo.

Me senti escorregar da pequena superfície lisa, arrependida por ter sido seduzida a parar ali por causa de um bolinho tão pequeno. O tamanho diminuto dele não compensava o nível de estresse que eu sentia ao ouvir falar da relação entre Vinícius e Bruninha. Muito menos se chegássemos a abordar o terrível desdobramento sobre aquela noite desastrosa em que Xandy dormiu na minha casa. Estava cedo demais para mexermos naquele origami, eu tinha um dia inteiro de trabalho pela frente. E, mesmo que não tivesse, tinha certeza de que acharia outra desculpa perfeitamente plausível para justificar meu instinto de fuga. Pois a verdade era que eu não tinha a menor ideia do que faria se minhas suspeitas se confirmassem. E nem todos os *cupcakes* do mundo me consolariam se eu acabasse descobrindo que transei com um dos melhores amigos do meu ex.

– Co-como assim ela te contou? – perguntei, em estado de choque. – Essa história já chegou no ouvido dela?

Nunca estive tão atrasada numa fofoca. E a situação se agravava ao lembrar que eu era uma das protagonistas daquela história.

– Porque ela estava lá! – Xandy justificou, como se aquilo fosse informação o bastante.

Não era, estava longe de ser.

– Na Drinkeria? Eu não lembro de ver ela por lá! Tudo bem que não me lembro de muita coisa, e que ela é bem baixinha, mas mesmo assim achei que...

– Drinkeria? Peraí, do que você tá *falando*?

Achei melhor me desatracar do bolinho para botar ordem naquela conversa. Respirei fundo, engoli parte do medo e falei:

– Da gente.

– Porque eu tô falando da recuperação do Vini – Xandy falou, cortando por completo minha linha de raciocínio. – Quer dizer, a *falta* de recuperação dele.

Esse complemento fez com que uma sensação de queda livre horrorosa tomasse conta de mim.

– Co-como assim?

O medo provavelmente ficou claro na minha voz, porque Xandy se inclinou na minha direção com os olhos arregalados e sobrancelhas quase unidas.

– Você não ficou sabendo que Vini foi praticamente *reprovado* na fisioterapia?! – Depois de eu sacudir a cabeça de forma frenética para deixar claro que eu não fazia ideia, ele continuou: – O doutor falou que se ele continuar não respondendo ao tratamento pode ter problemas pra andar, e dificilmente vai conseguir voltar a pilotar uma moto.

Tapei a boca com a mão e com esse movimento ficou perceptível que eu estava tremendo.

– Meu Deus. – Foi só o que consegui dizer.

Pensar em Vinícius tão novo e forte impedido de fazer o que mais gostava por conta de uma palhaçada me deu um negócio muito dolorido no coração. Me lembrei da rusga que tivemos por causa de Michelle dias atrás e me senti pior ainda – ele não a acompanhou até a minha casa porque não conseguia subir a escada. E eu soltei os cachorros para cima dele por conta da sua impossibilidade.

Que horror, que horror, que horror.

Parte de mim queria se encolher até virar uma bolinha de gude e sair rolando para longe dali de tanta vergonha que sentia. A outra parte, a mais valente, estava prestes a marchar de volta para casa e sacudir Vinícius pelos ombros largos e perguntar que raios estava acontecendo. Mas a maior parte mesmo só ficou encarapitada no banquinho de madeira da padaria, de boca aberta e querendo chorar.

– Queria ver contigo se você não conseguia dar uma moral pra ele – Xandy falou, me tirando do espiral descendente. – Cê sabe como ele te leva sério.

Bom, eu não sabia. Não mais, agora que ele estava com Bruninha.

– Boto fé que você vai dizer uma parada irada, daquele seu jeito cheio de raiva que vai fazer ele cair em si e começar a levar o tratamento a sério.

– Não sei não, Xandy... Saber disso me deixou mais triste do que com raiva.

– Mas vale a pena tentar, né? – Ele bateu o ombro contra o meu.

Absorvendo o leve impacto, não fui inundada com memórias constrangedoras sobre o que aconteceu ou deixou de acontecer entre mim e Xandy. Parecia que algo tinha se reorganizado dentro de mim, talvez minhas entranhas. Mas, independentemente do que fosse, aquilo me despertou novamente a sensação de propósito, de que eu faria tudo que estivesse ao meu alcance para ver Vini andando e correndo e subindo as escadas até a minha casa – que na verdade era dele, nossa – novamente.

– Claro que vale – falei. – Vale tudo pra fazer Vinícius melhorar.

Acabei chegando um pouco atrasada na casa da cliente, mas não tinha importância, ela não ficou brava. O importante mesmo era terminar a jornada de trabalho e ter uma conversa séria com Vin.

23

Ensaiei bater na porta pela terceira vez. Antes, resolvi respirar fundo. Precisava enfrentar muita coisa ao mesmo tempo, mas nenhuma das questões que eu tinha poderiam ser resolvidas desse lado da porta. Por isso, dessa vez sem hesitar, dei três batidinhas de uma vez.

— Sou eu. Vivian! — Achei prudente acrescentar ao lembrar que agora eu não era a única mulher que frequentava o quarto dele.

— Pode entrar! — ele respondeu lá de dentro. — A que devo a honra?

Estanquei logo no primeiro passo. A pergunta combinada com a visão de Vinícius com a perna sem gesso, mas ainda em cima de um banquinho interrompeu minha linha de raciocínio.

— Eu...

— Você... — ele incentivou que eu continuasse a frase, largando a caneta que segurava e se virando para mim.

— Eu... — Olhei para onde a caneta repousava e vi que embaixo dela tinha um caderno repleto de letras e números com a caligrafia bagunçada dele.

Isso me fez lembrar das cartinhas que ele me mandava no início do nosso namoro, ainda tinha todas guardadas na gaveta da mesinha de cabeceira. Elas funcionavam como uma prova tangível de que o amor poderia ser algo puro e gentil. Mas isso não vinha ao caso agora, o que vinha ao caso era:

— O que você tá fazendo?!

– Trabalhando – ele respondeu, como se fosse a coisa mais normal do mundo.

– Pensei que você estivesse de licença.

– Eu tava, mas acabou faz umas duas semanas e o Seu Maneco tá precisando de uma força com as burocracias da oficina. Ele não tava preparado pra eu ficar afastado tanto tempo. Ninguém tava, na real.

– É – concordei, eu me incluía nessa lista.

– Aí ele me ensinou a fazer as paradas que ele precisa com os números e deixou esse computador aqui. Até que não tá sendo de todo mal.

– Como não? – A indagação escorregou da minha boca antes que eu pudesse pensar no quanto aquilo poderia soar mal.

– Ah. – Ele deu de ombros. – Não é tão chato quanto eu pensei que seria. Além do mais, esse conhecimento pode me servir no caso de eu ser promovido a gerente.

– E por um acaso você *quer* ser gerente?

– Não sei, talvez... Eu tava falando sobre isso com Bruninha esses dias e ela me fez ver que tá longe de ser a pior opção.

Aquele papo me deu vontade de me sentar, não dava para encarar uma menção a Bruninha sem o mínimo de conforto – físico, ao menos, para compensar a bagunça emocional que aquele nome me causava. Por isso, fui até o pé da cama e me acomodei na pontinha. Francamente, o que ela tinha na cabeça? Custava ela tentar jogar o cara para cima em vez de incentivá-lo a se contentar com pouco?

– E é assim que você vai definir seus objetivos agora? – perguntei, sem conseguir me segurar. – Escolhendo as opções menos piores?

Vini se encolheu todo, o que, com o tamanho dele, não queria dizer muita coisa. Mas para mim deixava claro o suficiente o quanto o atingi com minhas palavras ferinas.

Não foi assim que eu imaginei essa conversa. Na minha cabeça, eu chegaria aqui esbanjando sabedoria e placidez e, com um discurso conciso e inspirador, causaria tamanha emoção em Vini que ele não só se esforçaria mais na fisioterapia como também se levantaria daquela cadeira de escritório xexelenta naquele exato momento e arriscaria a dar uns passinhos – se fosse em direção a Bruninha para a colocar em seu lugar, melhor.

Contudo, no mundo real, eu estava numa posição bem menos confortável. Tive que limpar a garganta para ver se minha voz voltava a um timbre normal enquanto eu baixava a minha bola e perguntava:

– O que aconteceu com seu sonho de abrir sua própria oficina especializada em motos?

– Você sabe como os sonhos são, Viv...

– Sei? – perguntei, num sussurro.

– Nem sempre eles dão certo. – Ele levantou a cabeça para me olhar.

Retorci as mãos para não demonstrar com o resto do corpo o quanto aquilo mexeu comigo. Eu também tinha sonhos que não deram certo. E mais um monte que não sabia no que ia dar. Mas ouvir algo assim da mesmíssima pessoa com quem sonhei tanta coisa junto, e também a mesma que me fez acordar e correr atrás dos meus objetivos, me soou muito triste... triste e o cúmulo do pessimismo aquilo vir justamente dele. E achei que cabia a mim ao menos fazer um esforço para mudar aquilo, assim como ele tinha feito comigo.

– Alguns dão. Você só vai saber se tentar.

Ele continuou me olhando daquele jeito profundamente bagunçado. Se eu pudesse, caminharia até ele e faria um carinho no seu ombro. Mas eu não podia, não só porque não tinha certeza se seria uma atitude apropriada como a ex-namorada de um rapaz comprometido, mas também porque a perna dele estava estendida no meio do caminho. E, no que dependia da resposta dele ao tratamento, era assim que ela continuaria. A não ser que eu falasse algo que ajudasse naquela situação.

– Sabe o que mais você deveria tentar? – comecei, com jeitinho.

– O quê?

– Se dedicar mais na fisioterapia. Porque se você voltar a andar logo esse negócio de ter que mexer só com números nem vai ser mais uma questão. Você vai poder voltar a trabalhar no seu posto de sempre na oficina, pensar melhor no que você realmente quer pro seu futuro e deixar essa história de ser gerente na mão de quem realmente pode tomar uma decisão a respeito: Seu Maneco.

– A decisão sempre foi dele, não importa muito a função que eu desempenhe.

– Eu sei, mas...

Não era bem esse tema que eu gostaria de abordar, embora ele tivesse sua relevância. Cruzei as pernas para reconfigurar minha linha de raciocínio, e Vini me olhou com curiosidade, parecia mais confuso do que eu.

– Você precisa focar no que é *importante* na sua vida.

– Meu futuro profissional é importante – ele enfatizou. – Não quero passar o resto da vida sujando minhas mãos de graxa e ganhando uma mixaria.

– Claro, claro – concordei, em nome da diplomacia. – Mas até pra consertar carros e sujar seus dedos de graxa você precisa da sua mobilidade de volta. Talvez seja isso que você deva priorizar no momento.

Vinícius se ajeitou na cadeira de forma tão violenta que achei que o móvel se desmontaria. O rangido agudo que a cadeira soltou corroborava com essa impressão.

– Prefiro divagar sobre minha oficina especializada em motos do que tocar nesse assunto.

– Nossa, p-por quê? – perguntei, ainda que estivesse com medo da resposta.

– Porque no momento eu acho que meu empreendimento dos sonhos, por mais fictício que seja, tem mais chances de acontecer do que a minha recuperação.

Ele deu de ombros, como se fosse algo simples. Mas não era. Na verdade, passava longe disso. Era tão complexo que eu nem sabia como prosseguir.

– Não fala assim, Vin...

– Você não estava lá pra ver, Vivian, não ouviu o tom que o médico usou pra falar comigo.

Foi a minha vez de causar ruídos esquisitos nos móveis, o colchão chiou quando me remexi em busca de uma posição mais confortável diante da verdade irrefutável colocada em pauta. Eu não ouvi *mesmo* o tom do médico, ficava difícil discutir a questão quando eu não tinha o conhecimento necessário para argumentar.

– Não sei quem te contou dessa situação, mas, quem quer que seja, esqueceu de te avisar um detalhe crucial. – Vinícius voltou a falar antes de eu conseguir achar uma brecha de esperança para refutar o discurso derrotista dele.

– Qual? – perguntei num fio de voz.

– É melhor você baixar suas expectativas sobre a minha recuperação. Eu já baixei as minhas.

Meus olhos pinicaram, num claro sintoma de choro iminente. Levantei o queixo para impedir que as lágrimas caíssem. Elas não ajudariam em nada, quando muito, dariam a impressão de que acatei o pedido de Vinícius. E eu ainda não estava pronta para isso. Talvez nunca estivesse. Esse era o mal de ser teimosa. A sorte era que eu sabia muito bem usar a teimosia a meu favor.

– Vinícius, até parece que você não me conhece! – Me levantei da cama para dar ênfase ao que vinha a seguir. – Eu sou uma suburbana que tem certeza de que algum dia vai abrir uma clínica de estética com tratamentos de primeira bem aqui, no meio do Subúrbio do Subúrbio.

Ele me olhou assustado enquanto eu tomava fôlego para continuar a enumerar os motivos pelos quais eu não conseguiria baixar minhas expectativas.

– Além disso, na minha singela opinião, não tem razão pra você achar que sua oficina especializada em motos vai ficar apenas na ficção. Moto é o que não falta nesse bairro, arrisco a dizer que falta de clientela nunca vai ser o seu problema.

– Isso é... – Ele enfim me deu dois centímetros de razão ao coçar o queixo.

– São por essas e outras, *muitas outras*, diga-se de passagem, que apesar de eu não ter ouvido o que o doutor falou pra você, que eu me recuso a acreditar que você não vai melhorar. Você é forte, inteligente e determinado, olha só você aí navegando em números como se eles não fossem o pesadelo de milhões de universitários! – salientei, apontando para o caderno e para a tela do computador. – Só gostaria que você acreditasse também.

Vinícius abaixou a cabeça e passou o dedo indicador embaixo dos olhos. Pronto, agora, além de tudo, eu o tinha feito chorar. Isso acabou aumentando a pressão das lágrimas que se acumulavam dentro de mim, e eu aproveitei a nossa falta de contato visual para atravessar o quarto e girar a maçaneta da porta.

Para não parecer uma megera total, antes de dar no pé murmurei:

— Pensa nisso, tá? — E fechei a porta atrás de mim, bem na hora em que a primeira lágrima desceu.

E logo veio seguida de outra.

E outra. E mais outra.

Ainda com a visão embaçada pelas lágrimas, peguei o celular no bolso e escrevi uma mensagem que demorou o triplo do tempo normal de digitação por causa da instabilidade dos meus dedos, que acompanhava o estado de espírito do meu corpo inteiro.

> Desculpa, acho que só piorei as coisas

Enviei.

Por sorte, não demorou nem dez segundos para Xandy visualizar e digitar uma resposta:

> Piorou como? Não tem como piorar!

> Claro que tem, sempre tem! Principalmente quando alguém diz que não tem como piorar!

> KKKK

Foi a resposta dele.

Quem tem o desplante de rir em um momento tão delicado?! Enxuguei as lágrimas e estava prestes a digitar um esculacho ainda mais incisivo do que eu tinha acabado de dar em Vini, mas antes de eu ao menos ter a chance de limpar o muco que escorria das minhas narinas com as costas da mão meu celular tornou a vibrar.

> Mas fala sério, o que rolou?

> Acho que pesei a mão na minha argumentação, como sempre.

> Sua especialidade kkkkk

Aquela risada estava me irritando, não só porque era brega toda vida, mas principalmente por ser inapropriada para a ocasião. Aquele assunto era sério. Muito provavelmente o mais sério de que Xandy e eu já tratamos, tendo em vista que nunca chegamos a debater o que aconteceu ou deixou de acontecer naquela noite que ele passou na minha casa. Por isso, antes que ele tivesse a oportunidade de fazer mais uma piada de mau gosto com o triste estado em que Vinícius se encontrava, tomei as rédeas da situação.

> Sua vez de tentar convencer ele de que ainda há esperança.

> O que impede de nós dois tentarmos juntos?

> São tantas razões que não consigo nem enumerar

Respondi com sinceridade. Não fazia ideia do que resultaria de uma roda de conversa entre ele, Vinícius e eu agora que nós dois nos tornamos amigos. Porque antes, quando não éramos, qualquer cinco minutos de papo-furado virava uma batalha que geralmente terminava com Xandy disparando baboseiras para todos os lados, eu aos berros e Vinícius decepcionado com o meu comportamento. Xandy insistiu.

> Tá com medo do meu estilo arrojado de convencimento, é?

> Com certeza

Enviei depois de pensar por uns momentos o que ele queria dizer com "estilo arrojado de convencimento". Que tipo de argumentos ele pretendia usar? Eu deveria me preocupar? Por mais que agora conseguíssemos manter a civilidade, existiam coisas nebulosas entre nós.

> Não se preocupe

> Eu não mordo.

> A menos que você peça.

Após ler essa última mensagem, bloqueei a tela do celular e fui direto para casa gritar em um travesseiro. Ele era tão *inapropriado* que não consegui segurar o urro que irrompeu dentro de mim. Como eu poderia ter certeza de que ele não falaria algo tão sem noção quanto isso na frente de Vinícius?! Impossível! A língua dele era tão afiada quanto um canivete suíço e não dava para prever o que ela feriria pelo caminho, muito menos como. Quer dizer, talvez eu até pudesse saber se tivesse conversado a respeito do que rolou naquela noite de bebedeira. Mas agora era tarde demais, não só porque eu só tinha capacidade de lidar com um assunto estressante de cada vez, mas também porque Xandy, não satisfeito com o absurdo da mensagem anterior, mandou mais uma:

> Segura as pontas que já tô chegando aí pra gente falar com ele.

Que pontas?! Eu já tinha perdido o fio da meada havia muito tempo, mais me assemelhava a um fio desencapado, pronto para entrar em curto-circuito.

24

— Vai, bate você – pedi quando paramos na frente do quarto de Vinícius.
– Por que não você? – Xandy rebateu, aumentando um pouco mais a tensão que se esticava dentro de mim.
– Porque eu *já bati* nessa porta hoje e nada de bom saiu dela.
– E o que isso tem a ver? Quando foi que você virou essa pessoa tão supersticiosa?

Desde que percebi que você pode revelar, bem na frente de Vinícius, que talvez tenhamos feito algo a mais na noite em que você dormiu lá em casa, sem que eu tenha a menor possibilidade de me defender, respondi em silêncio. Fora da minha cabeça, me limitei a esfregar o rosto e ficar quieta. Não queria entrar naquela discussão agora, tínhamos outra igualmente séria nos esperando dentro do quarto, por isso ordenei:
– Bate logo de uma vez!

Combinei a ordem com o movimento de pegar o braço dele e posicionar em frente à porta. Minha intenção era fechar sua mão em um soquinho para que o esforço de bater fosse mínimo, já que ele estava tão relutante em executar algo tão simples. Contudo, no meio do caminho, me dei conta de que eu escorregava a mão pelo corpo dele com muita liberdade. Será que eu já tinha feito movimentos nesse estilo antes? Um frio percorreu minha espinha, seguido de um tremelique nada agradável. Eu podia jurar que aquela era uma reação de medo, mas, pensando bem, se eu tivesse tido esse tipo de experiência com ele antes, nada impedia que aquelas sensações fossem a memória do meu desejo.

Quis me engolir viva de tantas dúvidas enquanto Xandy enfim batia na porta.

– Quem é? – Vinícius perguntou lá de dentro.

Só de ouvir o timbre meio rouco da voz dele eu sentia um calorzinho interno que eu tinha *certeza* de que era desejo. Um desejo proibido, valia lembrar, visto que Vini agora estava com Bruninha. Parecia que eu tinha virado uma máquina de cometer erros.

– Eu, Xandy, seu parça!

– Entra aí, cara! – Vinícius berrou num tom animado.

Xandy girou a maçaneta com tudo e me puxou para dentro do cômodo.

– Tem eu também – anunciei no meio do caminho, com um aceno sem graça.

– Eita, lá vem. – Vin se esticou todo na cadeira onde ainda estava sentado, mexendo nos seus números.

– Vem e vem com força, cara. – Xandy pontuou a ameaça com três tapinhas estalados no ombro de Vinícius. – Que história é essa de que você foi reprovado na fisioterapia?!

– Não sei de onde vocês tão tirando essas histórias. – Vini girou na cadeira para tirar o ombro do alcance do amigo. – Mas a fisioterapia não é uma escola, não tem como eu repetir de ano por lá.

– Mas tem como você não voltar a andar – salientei, baixinho, pois tinha medo de falar aquilo em voz alta e meu maior medo se concretizar.

– Desde que me entendi com a muleta eu tô andando pra cima e pra baixo – ele justificou.

– Modo de dizer, né? Porque deve ser maior missão subir e descer as escadas com essas paradas. Sem falar que não dá pra montar na moto – Xandy tocou na ferida sem medo.

Vinícius, por sua vez, se limitou a passar a mão pelo cabelo. Para frente e para trás, para frente e para trás, para frente e para o lado e para o outro e para trás. Do nada o ritmo aumentou e se tornou um rodamoinho tão frenético que me vi impelida a segurar o pulso dele. Ele levantou a cabeça e me encarou com um olhar tão atormentado quanto o caminho que ele fazia com as mãos. Tive que reunir cada partícula de força que havia em mim para não o abraçar forte e dizer que tudo ficaria bem.

Eu não sabia se tudo ficaria bem. Mas estava disposta a dar tudo de mim para que ficasse.

– Você precisa se esforçar mais, Vin – falei, ao roçar o polegar na parte interna do seu punho. – Tá muito cedo pra se conformar.

Eu esperava que o sutil movimento de vai e vem do meu dedo transmitisse tudo que eu sentia: a vontade de estar com ele para o que desse e o que viesse, independentemente da natureza da nossa relação.

– Você não sabe o quanto é difícil... – Ele colocou sua outra mão sobre a minha e a apertou forte.

– Mas a gente tá aqui pra te dar uma força – Xandy pontuou, com mais uns tapinhas em seu ombro, dessa vez mais gentis.

– Só de pensar que eu nunca mais vou poder pilotar uma moto eu, sei lá, *paraliso* – Vinícius confessou, com sua voz tremendo no final da frase.

Segurei a mão dele entrelaçando nossos dedos para lhe transmitir força enquanto me segurava para não o abraçar e cobrir o rosto dele de beijos, pois uma demonstração de afeto daquele calibre poderia acabar transmitindo emoções que eram inapropriadas para o momento.

– Você não precisa passar por isso sozinho – falei. – Sempre que paralisar, a gente vai estar aqui pra te dar um empurrãozinho.

Apenas para fins ilustrativos, esbarrei meu quadril no ombro dele, fazendo que a cadeira girasse um pouquinho para a direção oposta. O movimento fez com que Vini fechasse os olhos e deixasse um microssorriso escapar. Me dei por satisfeita com essa pequena demonstração de bom humor – ao menos por hora.

– Assim como você já impulsionou a gente tantas vezes – Xandy relembrou.

– Mas isso é diferente – Vini argumentou. – Dessa vez depende só de mim, e eu não tô sendo capaz de fazer o que o doutor manda direito.

– Não é porque você precisa fazer os exercícios sozinho que a gente não pode te apoiar – falei, dando um apertãozinho na mão dele.

– Como incentivo, eu me proponho a fazer um churrascão em sua homenagem quando você voltar a dar seus primeiros passos sem esses bagulhos. – Xandy apontou para as muletas que estavam encostadas na parede.

– E eu prometo enfrentar meus medos – acrescentei, dando mais força ao momento solene.

– Então você finalmente vai aprender a pilotar uma moto? – Xandy perguntou. – Me disponibilizo a ensinar!

Não era bem isso que eu tinha em mente. Na verdade, acho que não tinha nada específico na cabeça quando falei, eram apenas palavras ao vento, uma frase de incentivo para colocar Vinícius para cima nesse momento difícil. Mas, pelo brilho no olhar de

Xandy – e de Vinícius! – não foi assim que eles interpretaram minha pobre afirmação.

– Essa eu vou gostar de ver. – Vini sorriu, dessa vez um sorriso completo, com direito à aparição dos seus dentes branquinhos e tudo.

– Não, pera aí, o que eu quis dizer foi...

Eu ainda não fazia ideia do que eu realmente tinha querido dizer e minha hesitação deixou a brecha perfeita para Xandy me interromper:

– Não, Vivian, pera aí *você*! Vai quebrar a corrente de incentivo antes mesmo de começar? Maior vacilo!

– Eu...

Olhei para Vinícius, começando a entrar em pânico. A dimensão daquela conversa estava começando a pesar em mim, bem no fundo do meu estômago.

– Sendo bem sincero, ver você enfrentar seu medo de moto seria uma inspiração e tanto para mim – Vinícius declarou, com uma piscadinha safada na minha direção.

Ele só poderia estar de zoação com a minha cara. No entanto, pensando bem, mesmo que ele estivesse, eu preferia essa versão dele do que a que eu tinha encontrado mais cedo, cabisbaixa e derrotista.

– Você tá falando sério? – perguntei.

– Pior que tô – ele respondeu, com um dar de ombros. – Amaria te ver pilotar e amaria ainda mais se fosse eu que te ensinasse, mas dadas as circunstâncias... – Ele olhou para Xandy e eu detectei uma pontada de tristeza presente ali, de novo.

Aquilo era justamente o que eu não queria que acontecesse, por isso, num ato de impulso e desespero eu falei:

– Tudo bem, tudo bem! Eu topo! Mas jura que você vai dar tudo de si nas próximas sessões de fisioterapia?

– Juro juradinho. – Ele colocou as mãos para cima para mostrar que não tinha nenhum dedo cruzado, igual fazíamos quando estávamos na escola. – Aliás, amanhã eu tenho uma sessão e você pode ir comigo pra ver meu esforço com os próprios olhos.

– Tá bom – concordei, sem pensar duas vezes. Acho que essa era minha conduta geral nessa conversa.

– Ué, não vai me chamar pra ir junto, não? – Xandy indagou, interrompendo a troca de olhares entre Vini e eu.

– Pensei que você fosse trabalhar amanhã à tarde – Vinícius se justificou, e eu não pude deixar de reparar na ruguinha que se formou entre suas sobrancelhas.

– Pior que vou estar mesmo... Já marquei com a Maria da esquina de levar ela no cabeleireiro. – Xandy passou a mão pelo bigode ralo e descolorido. – Mas pode deixar que semana que vem eu vou separar um tempinho pra te ensinar a pilotar, Viv.

Ele cutucou minha costela e eu dei um pulo tão tenso que temi que tivesse ficado evidente que havia algo estranho entre a gente. Contudo, depois de uns segundos de silêncio em que olhei de Vini para Xandy sem saber o que dizer, Vinícius limpou a garganta.

– Eu não acho que ela vai ter coragem. Aprecio sua boa vontade e comprometimento com a causa, Viv, mas não consigo imaginar você controlando uma moto nem por livre e espontânea pressão.

A verdade era que eu tampouco conseguia visualizar a cena. Mas, se tinha uma coisa que desalinhava meus chakras por completo era alguém duvidar de mim. Pior ainda se fosse Vinícius, que causava efeitos ainda mais intensos em mim.

Ouvir ele desdenhar da minha promessa, mesmo que tivesse

sido com jeitinho, fez com que um fogo ardente – e possivelmente letal – me tomasse. Aquela queimação desagradável me fez esquecer tudo à minha volta. Pouco me importava meus sentimentos não superados por Vinícius ou minha situação mal resolvida com Xandy, só o que importava agora era fazer meu ex-namorado quebrar a cara.

Ninguém fazia pouco caso da palavra de Vivian Meirelles. Eu tinha uma reputação a zelar.

– Realmente, por livre e espontânea pressão eu não faria. – Joguei uma mecha de cabelo por cima do ombro para dar impacto à afirmação. – Eu só faço as coisas que me dão vontade.

– Eu sei. – Vini deu um sorriso satisfeito que não bambeou minha vontade de o ver com cara de tacho nem por um segundo.

– E agora, meu amor, eu tô com vontade de ver você pagar a sua língua – sibilei, aproximando meu rosto do dele conforme as palavras iam pulando para fora.

– Ai, papai! – Xandy gemeu atrás de nós.

Me afastei de Vini com rapidez e sem nenhuma elegância, percebendo que palavras demais saltitaram da minha boca. Fora isso, com uma intensidade desnecessária. Eu não tinha razão nenhuma para voltar a chamar Vinícius de meu amor. Por mais que eu realmente o amasse, eu odiava admitir. Além disso, ele não era mais meu. Para completar, eu não podia ignorar a existência de Bruninha – por mais que esse fosse um dos meus maiores sonhos no momento.

– Só acredito vendo – Vinícius falou, tendo a audácia de colocar a língua para fora.

– Ah, você vai ver – rebati num tom superleve, quase flutuante, enquanto girava nos calcanhares e saía do quarto antes que pudesse fazer mais uma burrada.

Agora, só o que me restava era torcer para que eu não fosse acometida pelo pânico na hora do vamos ver. Minha palavra era uma das poucas coisas que ainda me causavam orgulho, seria horrível vê-la sendo jogada na lama. Por outro lado, se eu levasse adiante esse plano de aprender a andar de moto, quem poderia terminar na lama em uma das inúmeras poças que enfeitava o asfalto o Subúrbio do Subúrbio era eu.

25

Estiquei o braço e finquei meus pés bem firmes no chão. Amparar o peso de Vinícius ao sair do carro não era uma tarefa fácil, ele pesava muito mais que eu. Ainda assim, queria executar a tarefa com excelência, pois, pela primeira vez desde que ele começou o tratamento fisioterapêutico, eu tinha sido convidada para acompanhá-lo durante a sessão. Não sabia direito como funcionava o protocolo, mas não queria deixar minha inexperiência como acompanhante transparecer.

– Pode se apoiar em mim – instruí, enquanto Vinícius se embolava com as muletas.

– Acho que consigo me virar sozinho.

Ele apoiou uma das muletas na calçada, dando impulso para se levantar. No meio do processo encaixei meu ombro embaixo da axila livre dele. Ainda por cima fiz um malabarismo para esticar o braço e pegar a outra muleta que repousava no banco do carro de aplicativo.

– Pode ir, moço! Tudo certo! Foi um prazer viajar com o senhor, cinco estrelas! Aprovado! – berrei para o motorista na intenção de acrescentar mais uma tarefa na minha performance e impedir que Vinícius protestasse contra minha ajuda não solicitada.

– Daqui já dá pra eu seguir de boa – Vini falou, após darmos dois passos em direção ao prédio onde a clínica ficava.

– Tem certeza? – perguntei ao segurar mais firme em sua cintura, para aumentar o nível de sustentação.

E sentir um pouquinho mais dos seus músculos sob a camiseta, confesso.

Ele pigarreou, fazendo com que a vibração chegasse até mim acompanhada de um olhar intenso bem no fundo dos meus olhos. Ele torceu a boca, pensando na minha pergunta. Eu, no entanto, estava pensando em outras coisas, totalmente diferentes.

– Eu não tenho certeza de nada, Viv – ele disse, com o olhar cada vez mais intenso. – Mas a clínica é tão pertinho que é melhor a gente ir assim mesmo.

– Tá bem – concordei, sem conseguir esconder um sorriso satisfeito surgindo no cantinho da minha boca.

Chegamos à clínica sem dificuldades e a recepcionista abriu a porta pra gente com um sorriso caloroso. Eu estava prestes a escancarar todos os meus dentes quando ela lançou uma pergunta:

– Acompanhante nova?

– É... – Vinícius respondeu, soando sem graça. – A Brunna estava precisando de uma folga.

Ignorei o aperto no meu coração e dei um passo para o lado. Vinícius se desequilibrou com o movimento repentino, mas logo se estabilizou ao se apoiar na muleta. Como ele mesmo disse, ele se virava muito bem com ela. Não tinha por que eu estar ali, tão perto.

– Pronto para mais uma sessão? – a recepcionista perguntou.

– Mais que pronto, inspirado! – ele respondeu ao se virar para mim, mas fiz que nem percebi. – Ela pode entrar comigo?

– Só porque fiquei sabendo que você tá precisando de um gás extra – a recepcionista disse ao abrir mais uma porta.

– E não existe combustível melhor pra mim do que Vivian Meirelles – Vinícius disse ao entrar na sala, e eu, pega de surpresa pelo comentário, não consegui resistir e acabei entrando logo atrás dele.

Fiquei ao lado dele durante todos os exercícios, desde os raios infravermelhos até os momentos em que ele realmente tinha que se esforçar. Quando ele perdia o pique ou parecia cansado demais, eu me permitia passar a mão pelo seu cabelo e sussurrar palavras de incentivo no seu ouvido.

Só fui por esse caminho porque percebi que funcionava. Por alguma razão que fugia ao meu entendimento, sempre que eu falava alguma coisa, por mais simples que fosse, ele tombava a cabeça para o lado, apoiando-a contra a minha, respirava fundo e tornava a seguir as instruções da fisioterapeuta.

Era um pouco esquisito presenciar a dificuldade que ele tinha para reproduzir movimentos que antes eram tão naturais. Dava para ver o tamanho do esforço que aquilo demandava pelas gotículas de suor que brotavam de sua testa durante os exercícios mais difíceis.

– Isso, muito bem! – a fisioterapeuta elogiou quando ele chegou ao último movimento de uma série. – Você tá bem melhor!

Tentei não fantasiar que a minha presença tinha algo a ver com isso. Me esforcei para lembrar que Bruninha não só o acompanhou nas sessões anteriores, como também era a pessoa com quem ele se relacionava afetivamente agora. Se existia alguém que fazia a diferença na vida dele, esse alguém era ela.

Além do mais, em vez de me concentrar em analisar a vida deles, eu deveria reunir energias para dar um jeito na minha. Parecia que eu colecionava assuntos em aberto. Layana tinha me mandado praticamente um questionário de dúvidas relacionadas à nossa futura empresa. Mas, com a volta às aulas, o salão e as clientes do bairro que decidi manter, não me sobrava muito tempo para nos sentar e conversar a respeito disso. Aliás, eu só estava aqui, com Vinícius, porque tinha pedido a tarde de folga no trabalho e, como estive disponível para todas as horas extras que pintaram no salão durante as férias, minha chefe me quebrou esse galho.

E por falar em galho, mesmo que não tivesse *nada a ver*, me lembrei do meu assunto em aberto com Xandy. Acho que a semelhança daquela questão com uma pedra no meu sapato fez com que o assunto retornasse à minha mente. A ausência de lembranças sobre aquela noite me espetava como uma daquelas espadas fininhas de esgrima, principalmente quando Vini, ao iniciar mais um exercício, procurou a minha mão para apertá-la.

Era torturante ter que resistir à doçura do contato físico com ele, mesmo sabendo que existiam motivos válidos para não me deixar levar pela força daquele sentimento. Ele olhou para mim e deu um sorrisinho fraco enquanto se esforçava para esticar a perna. Nem isso eu conseguia fazer, a culpa me atingia em ondas. Ora por conta da relação dele com Bruninha, ora pelo que podia ter acontecido com Xandy.

– Obrigada por estar aqui comigo. – Vini levou minha mão à boca e deu um beijo nela.

Eu me tremi inteira e acho que ele percebeu, porque seu sorriso se alargou mais um pouco e ele apertou minha mão um pouco mais forte. As coisas não poderiam continuar assim. Não confiava em mim o suficiente para me segurar quando ele me olhava assim. Quer dizer, minha autoconfiança andava tão abalada que eu nem colocava a mão no fogo sobre ter acontecido algo entre Xandy e eu.

Coisa que, há meros meses, seria inimaginável.

E agora tirava meu sono toda santa noite.

Contudo, pensando racionalmente, essa era uma das poucas coisas que estavam no meu controle tentar resolver. Só o que eu precisava era engolir meu medo e meu orgulho, parar de enrolar e perguntar a Xandy de uma vez por todas o que aconteceu. Não deveria ser tão difícil, principalmente agora que tínhamos liberdade para conversar sobre um montão de coisas.

Era só o receio de ter que repensar todos os meus valores e a minha índole que me impedia de fazer a pergunta. No entanto, eu sentia que só depois de definir isso bem certinho na minha cabeça iria sorrir em resposta para Vinícius.

Por isso, era melhor eu desvendar aquele mistério o quanto antes.

Seria amanhã, sem falta.

26

Uma buzina insistente interrompeu minha paz.

– Chegou a hora! – um berro entrou pela janela, acompanhado de mais uma leva de buzinas. – Vivan! – Xandy aumentou ainda mais o tom de voz. – Será que ela não tá em casa?

– Ela tá em casa e com certeza já ouviu – outra voz, que reconheci ser de Vinícius, respondeu. – Só deve estar com medo de descer.

– Eu não tô com medo! – coloquei a cabeça para fora da janela e gritei.

Na verdade, eu estava apavorada. Mas naquele instante era de outras coisas, e não de responder às buzinas de Xandy. Quando ele começou o estardalhaço, eu me encontrava em profundo estado meditativo, tentando reunir coragem e frases minuciosamente elaboradas que soassem lindamente naturais. Ainda não tinha encontrado uma frase de abertura boa o suficiente. Era isso que me impedia de iniciar a conversa que eu precisava ter com ele. Todo mundo sabia o quanto uma frase inicial concisa definia o tom de uma conversa por completo. Eu não podia dar nenhum espaço para o erro, o que tínhamos para tratar era crucial demais para correr esse risco.

Por isso eu ainda não tinha tocado no assunto. E a semana foi passando sem que eu conseguisse encontrar a frase ideal. Chegamos ao fim dela sem nenhuma conclusão de como abrir as alas para esse assunto tão importante que tinha um potencial enorme para mudar minha vida.

Mas eu tinha fé de que o conjunto de palavras corretas, com as vírgulas nos seus devidos lugares, chegaria e me ajudaria a colocar os pingos nos is com a maior elegância possível. Definitivamente não agora, com o som da buzina lá embaixo interrompendo minha linha de raciocínio a cada cinco segundos.

– Já vou, caceta! – berrei.

Desci as escadas meio atarantada, prendendo o cabelo num rabo de cavalo enquanto me perguntava que raios Xandy queria comigo nessa tarde ensolarada de domingo. Imaginei que com esse calorão ele iria deixar tudo de lado e partiria para a praia, como qualquer carioca com o mínimo de fogo no rabo faria.

– Tá pronta? – ele perguntou assim que cheguei ao portão.

– Não tô no clima de praia, não. Tô cheia de coisa pra resolver.

Principalmente na minha cabeça, completei comigo mesma, tentando me manter no momento presente, mesmo com o som do escapamento da moto dele perturbando a paz de espírito de todos em volta.

– Que praia o quê! Eu tô falando da sua aula de pilotagem! Bora?

– *Agora?!* – Engoli em seco.

O som que a moto produzia passou de irritante para aterrador de uma hora para outra. A força que a máquina emanava era potencialmente letal. Encarei-a como um coelho encarava um leão faminto.

– Falei que não ia rolar. – Vinícius se intrometeu na conversa, ainda apoiado na janela da sala.

– Eu dei minha palavra – relembrei a ele e a mim mesma, ignorando o frio que percorreu minha espinha, e a falta de cobertura corporal que meu shortinho jeans proporcionava.

— Sabia que você não decepcionaria — Xandy comentou ao puxar o descanso da moto e sair dela. — Vamos começar com a 125?

Olhei para a moto de Vinícius, que seguia estacionada no quintal e me lembrei do quanto já a odiei. Hoje, continuava sem nutrir nenhum tipo de simpatia por ela, mas, pelo menos, também não sentia mais o impulso de a chutar toda vez que ela entrava no meu campo de visão.

Aceitei que, por mais que ela estivesse envolvida nos acidentes de Vinícius, não foi a única responsável pelo que aconteceu. Foi uma decisão de Vinícius subir nela e, infelizmente, fazer manobras que acabaram o arrebentando todo. Ele tinha direito de tomar todas as decisões que quisesse, mesmo que fossem burras. Cabia a mim apenas estar aqui para apoiá-lo, caso ele precisasse.

— Por que nela? — perguntei, olhando para a moto de Xandy encostada na calçada.

Porque, por mais que eu tivesse encontrado um jeito de tolerar aquela máquina perigosa, isso não queria dizer que eu gostaria de perder minha vida em cima dela.

— Porque ela é mais leve, melhor pra aprender — Xandy respondeu.

— E pra empinar — Vinícius complementou.

— Você sabe que isso nunca vai acontecer. — Me virei para Vini para que ele pudesse ver a seriedade da minha expressão.

— Eu tenho minhas dúvidas de que você pelo menos vai chegar ao fim da aula de hoje — ele disse, com um sorriso plácido que nada condizia com o desaforo que saía de seus lindos lábios.

— A única coisa que deveria estar te preocupando agora é a possibilidade de a sua moto não sobreviver ao meu aprendizado.

– Tanto faz. – Ele deu de ombros. – Não é como se eu tivesse alguma previsão de quando vou poder voltar a andar nela.

Isso não era verdade, eu tinha ido a mais uma sessão de fisioterapia com ele, e não só eu como a fisioterapeuta notamos uma melhora expressiva em seus movimentos. Se ele continuasse se dedicando assim, em breve teríamos o maior churrrascão.

Mas, primeiro, eu teria que sobreviver ao dia de hoje.

– Vamos começar logo de uma vez? – Xandy me apressou. – Ficar embaixo desse sol me dá gastura.

Subir na moto não mudaria a situação solar em que nos encontrávamos – na verdade, o calor seria agravado pelo uso do capacete –, mas achei melhor não discutir, minha comunicação com Xandy precisava ser milimetricamente calculada. Ainda mais com Vinícius assistindo à interação de camarote.

– O que eu preciso fazer? – me limitei a perguntar.

– O primeiro passo é tirar a moto do quintal. – Xandy partiu para a ação, pegando a moto e levando-a para fora. – Agora você pode subir nela e tirar o descanso.

– Tranquilo – menti.

Tremi na base ao levantar a perna para me acomodar no banco. O assento estava mais fresco do que eu imaginava, provavelmente por ter estado na sombra durante dias. Mas não havia temperatura capaz de transformar aquela experiência em algo agradável.

– E agora? – perguntei, porque, por mais que eu já tivesse me cansado de ver os rapazes da vizinhança dando partida em suas respectivas motos, nunca me importei em prestar atenção no processo.

Estava sempre preocupada demais com a possibilidade de aquela jovem vida ser interrompida em meio a uma das curvas do caminho. E agora essa preocupação se direcionava a mim.

– Gira a chave – Xandy instruiu.
– Ah.

Essa era meio óbvia. Assim como o tremor na minha mão que se esticou para seguir a instrução.

– Agora o pedal.

Ele indicou onde eu deveria colocar o pé, fiz o que ele pediu, mas nada aconteceu. Talvez a moto tivesse desistido de funcionar após tanto tempo sem uso. Para mim seria uma bênção, jamais reclamaria da obsolescência planejada dos produtos modernos. Fazia parte do mundo em que vivemos.

– Você precisa apertar o pedal. – Xandy destruiu meu sonho com uma simples frase.

Por um segundo, fugiu da minha mente que a CG 125 de Vinícius era velha pra caramba. Mas acabei fazendo o que Xandy falou e nada aconteceu, para a minha alegria.

– Com força – Xandy falou, fazendo um movimento de descida com a mão cheio de energia.

Muito mais energia do que eu seria capaz de empregar, mesmo assim, eu tentei.

– Ele disse *força*! – Vinícius gritou da janela.

– EU NÃO CONSIGO TER FORÇA QUANDO MINHAS PERNAS ESTÃO TRÊMULAS! – gritei em resposta.

Porém, o impulso que dei para virar para trás e discutir com ele foi o que bastou para afundar o pé no pedal e fazer o motor da moto rugir embaixo de mim. Cheguei a perder um pouco do equilíbrio ao sentir as consequências do que eu tinha feito.

– Nada como a irritação pra ajudar a despertar o que há de melhor em você. – Xandy riu ao me ajudar a segurar a moto.

– Pior que é! – Vinícius concordou lá da janela.

Eu adoraria rebater as piadinhas deles, mas a falta de sustentação nas minhas pernas levou embora todas as palavras que costumavam habitar meu cérebro. Xandy teve que aumentar a força com que segurava a motocicleta, interrompendo seu riso solto no processo.

– Acho que essa é uma boa hora pra colocarmos o capacete.

– Pois é – me limitei a concordar, a voz tão trêmula quanto o resto do meu corpo.

Ele tirou os capacetes que estavam pendurados no guidão e afundou um na minha cabeça. Como segurar um trambolho pesado desse apenas com uma mão não era uma tarefa fácil, ele acabou subindo na moto atrás de mim.

– Você tem que acelerar um pouco pro motor não morrer – ele disse.

Me admirou o fato de ele achar que eu sabia sobre o que ele estava falando. Minha cara de interrogação foi tão explícita que ele conseguiu notar minha ignorância mesmo com o visor do meu capacete abaixado.

– Assim, ó. – Ele demonstrou o que queria de forma prática. – Depois você tem que apertar a embreagem e colocar a primeira marcha, lá no pé.

Vi ele afundar o pé esquerdo num pedal pequeno demais para o meu gosto e, para meu desespero, a máquina mortífera começou a se mexer – enquanto eu ainda estava com os pés bem plantados no chão.

Acho que foi compreensível quando eu gritei:

– AAAAAH!

– Apoia o pé em cima do meu! É você quem deveria estar fazendo isso!

– Mas eu não sei fazer! Não quero fazer!

– Você deu sua palavra! – Xandy inconvenientemente relembrou enquanto a moto seguia em movimento.

– Acho que minha palavra não vale de nada! *Eu* não valho nada! – extravasei.

– Caramba, nunca vi um meio de transporte abaixar tanto a autoestima de uma pessoa! – Xandy se admirou ao mesmo tempo que seu pé mexia no pedalzinho no qual ele mostrou ser a marcha. Com meu pé em cima do dele eu conseguia sentir cada movimento. – Principalmente um transporte que é tão eficiente em colocar o ego de tanta gente lá em cima.

– Não é sobre a moto que eu tô falando, quer dizer, talvez um pouco, sim, mas é principalmente sobre a gente ter transado aquele dia – soltei de uma vez, tomada pela adrenalina.

Ele apertou o freio de forma tão repentina que meu corpo se projetou para frente. Eu me sentia pronta para beijar o asfalto, ainda mais após perceber que passei dias e dias em busca de uma frase inicial perfeita e, no fim, acabei soltando uma dessas.

– Que dia?! Do que você tá falando?! – ele questionou, com todo o direito.

Demorou alguns segundos para eu recuperar meu ponto de equilíbrio físico, mas não tive a mesma sorte com o emocional, que acabou caindo por terra.

– Daquela noite em que você dormiu comigo, quando voltamos bêbados da Drinkeria SubUrbana.

– Há! Essa é boa! – Xandy caiu na gargalhada, sem nenhuma empatia pelo sofrimento que ardia em meus olhos e era potencializado pelo calor que fazia dentro do capacete. – Pelo visto você tava ainda mais bêbada do que eu pensava.

– É por isso que tudo que aconteceu naquela noite foi tão errado. – Aproveitei a constatação dele para iniciar minha justificativa: – Eu tinha me chateado com Vini, acabei descontando na bebida, estava fora de mim.

– Eu sei, você me contou tudo isso depois de vomitar em mim – Xandy falou como se aquilo fosse uma velha anedota entre a gente, e não um show de horrores se desenrolando diante dos meus ouvidos. – Eu só dormi na sua cama porque estava com medo de você se engasgar com seu próprio vômito, caso passasse mal de novo. E você vomitou, mas deu tudo certo graças ao balde que coloquei estrategicamente do seu lado.

Eu me lembrava do balde. Mais que isso, me lembrava do cheiro pavoroso do conteúdo dele.

– E graças às minhas habilidades adquiridas naquela mesmíssima noite, seu cabelo nem sujou.

Apoiei os pés no chão e me permiti respirar fundo.

A dúvida que me carcomia por dentro poderia ter sido desfeita havia muito tempo se eu tivesse tido coragem para enfrentar meus medos. E, francamente, só acho que a enfrentei agora porque tinha a desconfiança de que em cima daquela moto a morte era iminente.

Que ficasse a lição para que eu começasse a ser menos covarde.

Eu precisava agradecer Xandy por isso, mas antes que eu pudesse abrir a boca ouvi meu nome sendo chamado do jeito que eu mais gostava.

– Vivian! Você tá bem? Achei que tinha acontecido alguma coisa quando parei de ouvir seus gritos. – Vinícius veio pela calçada, andando com as muletas numa velocidade meio impressionante.

Sem pensar muito, eu desci da moto e corri em direção a ele. Quando eu estava perto o suficiente, ele abriu os braços, deixando as muletas caírem e eu me encaixei nele. A sensação foi revigorante, fofa e quentinha – de um jeito que o calorão à nossa volta nem importava.

– Você tá sem muletas! – eu disse alguns segundos mais tarde, quando absorvi todo aquele sentimento e guardei bem no fundinho do meu coração.

– Meu apoio tá sendo você – Vini respondeu, bem perto do meu ouvido, sem se dar ao trabalho de se afastar nem um centímetro sequer.

– Já consigo sentir o cheiro do churrasco! – Xandy berrou, ainda em cima da moto. – Mas ainda prevejo muitas aulas de pilotagem antes de você conseguir a carteira, Viv!

Eu tinha que concordar com ele, mas, antes que pudesse me manifestar, Xandy pegou firme no acelerador e se escafedeu pela rua, empinando a moto de Vinícius. Ou seja, só me restou tirar o capacete, recolher as muletas de Vini e ajudá-lo a voltar para casa.

Na verdade, até que eu fiquei bem satisfeita com isso. Pena que a alegria durou pouco, pois logo ao chegar em casa nos deparamos com Xandy devolvendo a moto de Vinícius e pegando a dele de volta. Ao nos ver, ele retomou o assunto sobre o quanto eu precisava me aplicar para aprender a pilotar uma moto de verdade. Pelo visto eu tinha um looongo caminho pela frente.

Porém, tendo Vinícius ao meu lado ao ouvir novamente aquela ladainha, ficava fácil não me acovardar.

27

A profecia de Xandy se concretizou e o churrascão virou realidade em tempo recorde. Eu sentia o cheiro da brasa subindo enquanto terminava os últimos retoques na maquiagem e pensava em como a recuperação de Vinícius decolou depois que Xandy e eu tivemos aquela conversa com ele.

Não que eu achasse que eu, pessoalmente, tivesse sido a responsável direta pela melhora dele, mas me aliviava o coração pensar que talvez tivesse ajudado pelo menos um pouquinho. Às vezes, quando dava, eu o acompanhava nas sessões de fisioterapia, outras vezes quem ia era Bruninha. E também tinha dias que ele ia sozinho, pois já era um homem-feito e não estava acostumado a depender de ninguém – por mais que Bruninha insistisse que amava acompanhá-lo.

Eu não podia julgá-la, pois eu também ia adorar, se ele fosse meu namorado.

Por mais que Vinícius e eu estivéssemos passando mais tempo juntos sem brigar, o relacionamento deles era algo sobre o qual nós não conversávamos. Eu evitava – apesar das tentativas dele –, justamente porque não queria brigar. E, ainda que me doesse admitir, eu continuava sem confiança de que responderia por mim se tivesse que encarar o fato de que o perdi.

Pior ainda se fosse para uma garota aleatória como Bruninha, que além de tudo era baixinha e sem graça.

Claro que tamanho não é documento, nunca liguei para essas coisas, mas essa sou eu sendo chata e achando qualquer detalhe para criticar a garota. Eu encontraria mil defeitos em cada mulher que se aproximasse dele, eu sabia. Também sabia o quanto isso não era saudável e como essa era uma das razões pelas quais ele terminou comigo. Sim, eu era bastante ciumenta. E, tendo em vista o quanto eu aparentemente não evoluí como ser humano, era compreensível que Vinícius tivesse seguido em frente e arrumado outra pessoa.

Por mais que ela não tivesse nada a ver com ele.

Passei o delineador dando voltas nesse ciclo vicioso, ele era tão cheio de altos e baixos que me admirou eu não ter finalizado a linha que desenhava em cima do olho em formato de *looping* de montanha-russa, em vez de um gatinho bem afiado.

– Cara, isso tá ainda mais irado do que eu imaginei! – A voz de Vinícius ecoou na janela do meu quarto e, mesmo que eu não pudesse ver o rosto dele, sabia que seus olhos brilhavam.

– Tá mesmo, tio! Que horas os convidados chegam? – Michelle perguntou, com sua vozinha fina soando tão empolgada quanto a dele.

– A qualquer momento – Vini respondeu. – Bruninha mandou mensagem falando que tá só terminando de se arrumar.

Olhei meu reflexo no espelho e concluí que bastava. Não tinha mais o que eu pudesse fazer para melhorar meu visual, o jeito era descer logo de uma vez e encarar o novo casal de frente.

Estava me esforçando para ser mais corajosa, ou, pelo menos, para *parecer* ser.

– Dinda! Você tá linda! – Michelle me admirou logo que eu apareci no topo da escada.

– Muito bonita mesmo – Vinícius concordou, provavelmente só por educação.

– Vestida pra matar, hein! – Xandy se juntou ao coro ao entrar no quintal carregando um fardinho de cerveja. – Salve-se quem puder!

Ele colocou as latinhas no isopor cheio de gelo enquanto Vinícius alternava o olhar entre a tarefa que o amigo desempenhava e minha descida pela escada. Não sabia se ele pensava o mesmo que eu, mas comecei a ponderar que não seria muito prudente da minha parte beber hoje.

O último relato de Xandy, apesar de me ter trazido um grande alívio, provou que o álcool me transformava numa pessoa muito mais disposta a discutir meus sentimentos do que eu gostaria. Não queria correr o risco de dar esse tipo de vexame no churrasco comemorativo do meu ex-namorado. Ele merecia celebrar o fruto de todo o empenho que ele tinha colocado para voltar a andar. Ainda que seu caminhar não estivesse perfeito, era só uma questão de tempo – e mais uma dúzia de sessões de fisioterapia, segundo a médica.

– No que eu posso ajudar? – perguntei, antes que fosse sugada por outro vórtice de pensamento.

– Pode ir lá na cozinha pegar as carnes e o pão de alho? – Xandy pediu.

– É pra já!

Fui até lá pronta para me concentrar na tarefa de ser útil. Não esperava entrar na cozinha e me deparar com Méli e minha irmã com as cabeças juntinhas vendo algo na tela do celular. Aquela cena colocou um sorriso no meu rosto e me trouxe uma onda saudável de curiosidade.

– Posso saber o que tá acontecendo aqui?

– Na verdade, não – Mirian me respondeu, desaforada. – É coisa nossa.

Méli deu uma risadinha que só aguçou minha vontade de saber sobre o que elas falavam. Elas não tinham o direito de fazer isso comigo, eu nem sequer sabia que elas se conheciam!

– Sua irmã tá me atualizando sobre as fofocas do bairro – Méli desembuchou. – Ainda tenho muito a aprender!

– Você tem! – Mirian concordou, em meio a risadas.

Eu não estava achando graça nenhuma, mas com certeza acharia assim que elas me especificassem de quem exatamente estavam falando. Eu *precisava* desse entretenimento.

– Circulando da minha cozinha! – Vovó entrou pela porta dos fundos e começou a espanar a gente com o pano de prato que costumava usar estrategicamente jogado por cima do ombro. – A festa é lá fora, não quero bagunça aqui, não.

– Eu vim buscar as carnes e o pão de alho! – me defendi.

– Tá tudo na geladeira – vovó explicou. – Pega logo, antes que você também caia na lábia da língua de chicote de Mirian. Essa daqui veio pegar a macarronese e nunca mais voltou.

– Meu Deus, a macarronese! – Méli se levantou do banco no susto, parecia que qualquer tipo de alimento, incluindo os quitutes que ela mesma fazia, tinham caído no esquecimento por conta da fofoca.

– Vai lá, depois eu termino de te contar a história – Mirian falou para Méli, que se movimentava pela cozinha tal qual um peru tonto.

– Mas agora eu também quero saber o fim da história – vovó falou, voltando a pendurar seu pano de prato no ombro.

– Ah, fala sério, vó! Você que interrompeu o papo! Agora aguente as consequências! – Mirian também se levantou e começou a reunir um punhado de coisas embaixo do braço. – Vou lá fora ver se Michelle tá se comportando. Vocês sabem se eles estão precisando de limão lá fora?

— Nunca é demais — opinei.

Limão ia bem com tudo: em cima da linguiça, dentro da cerveja, temperando uma fofoca bem quentinha... Coloquei as carnes em uma bandeja e segui Méli e Mirian lá para fora na esperança de que minha irmã desse continuidade à história agora que estava longe dos ouvidos da minha avó. Porém, só o que aquelas duas fizeram foi organizar a mesa, cada uma concentrada em sua respectiva tarefa. Uma tremenda quebra de expectativa.

— E Allison, não vem? — perguntei, como quem não queria nada.

— Mais tarde — Méli contou. — Disse que ainda tinha alguns problemas para resolver.

Mirian encobriu uma risada com a mão, o que me deixou com a pulga atrás da orelha. Será que a fofoca era sobre ele? Eu precisava saber.

— Mamãe, mamãe! — Michelle puxou a barra do vestido de Mirian, chamando sua atenção. — Olha o que o tio Vini fez em mim!

Ela deu uma voltinha mostrando as tranças em seu cabelo. Quase derreti, mas fingi que deixar as travessas de comida milimetricamente alinhadas era minha principal prioridade. E acho que fiz muito bem, obrigada. Mas meio que não dava para saber, pois aquele foi o exato momento em que Bruninha cruzou o portão, roubando a atenção de todos ao dizer:

— Iuhu! Cheguei! Por onde anda o homenageado do dia?

— Aqui. — Vinícius levantou uma das mãos para indicar sua localização, no canto do quintal, enquanto com a outra continuou ajudando Michelle a rodar.

Eu não podia julgar que aquele movimento deixaria minha

afilhada tonta, porque eu me sentia da mesma forma ao ver Bruninha se aproximar e plantar um beijo bem molhado na bochecha de Vinícius. O batom dela ficou marcado na pele dele e ele nem se deu ao trabalho de limpar.

– Vem cá, essa festa não tem música, não? – Bruninha questionou, muito bem questionado.

Não dava para eu falar que a garota não era sensata. E isso me doía, como toda e qualquer ação produzida por ela em relação a Vinícius.

– Pior que essa é minha única responsabilidade. – Vini falou ao tatear os bolsos. – E eu falhei com louvor.

– Se quiser, pode usar o meu. – Estendi o celular para ele sem parar para pensar no quanto aquilo deixava óbvio que eu estava prestando atenção na conversa deles.

A situação ficou tão constrangedora que Vinícius teve que limpar a garganta. Porém, para minha surpresa, logo em seguida ele pegou o aparelho da minha mão e perguntou:

– Ainda é a mesma senha?

Eu confirmei com a cabeça e evitei contato visual com Bruninha. Olhei em volta para encontrar algo melhor para fazer que não envolvesse me meter no relacionamento atual do meu ex-namorado. Para a minha sorte, Layana e Mariana tinham acabado de chegar.

Fui logo me oferecendo para colocar no isopor as bebidas que elas trouxeram e fiz questão de não economizar tempo ao apresentá-las para as pessoas que elas ainda não conheciam. Contei nos mínimos detalhes os pontos altos da nossa amizade, floreei ao máximo com as melhores anedotas, nenhuma peripécia do curso de Estética ficou de fora do meu relato.

Méli as adorou e insistiu que um dia elas fossem à padaria provar os *macarons* que ela pretendia fazer. Allison, que naquela altura já havia chegado e estava começando a se enturmar, virou o conteúdo do copo que tinha na mão de uma vez só ao ouvir os planos culinários da sua padeira. Eu ri muito, disso e de várias outras coisas, e não saí da companhia de Layana e Mariana durante quase todo o churrasco. E, nas breves ocasiões em que elas conseguiram se livrar de mim, eu dava meu jeito de grudar em outra pessoa que me ofereceria entretenimento e, de certo modo, proteção.

De mim mesma, eu acho.

E dos olhares esquisitos que Vinícius me lançava.

Desconfiava que ele tinha percebido que eu o estava evitando. Mas esperava que ele entendesse que não era porque eu não gostava da companhia dele – aliás, muito pelo contrário, e esse era o problema.

Outro problema era o jeito que às vezes parecia que ele queria se aproximar. De uma forma que não dava para explicar, tinha horas que eu podia *sentir* que ele estava prestes a cruzar o quintal e vir na minha direção. Claro, podia ser apenas coisa da minha cabeça. Mas, por via das dúvidas, eu dava meu jeito. Hora sambando ao som de um clássico da Salgueiro, hora cantando junto com a voz de Arlindo Cruz, hora me embrenhando numa conversa qualquer com a primeira pessoa que via na minha frente e dando tudo de mim para parecer compenetrada.

Naquele momento em específico, minha mãe e eu estávamos ouvindo Allison expressar todo o seu amor por videogames *vintage*, seja lá o que aquilo quisesse dizer. Ao fundo, os versos *eu me apaixonei pela pessoa errada, ninguém sabe o quanto que eu estou sofrendo...* eram a trilha sonora. Aquilo me pegava tão de jeito que chegava a ser ridículo. A canção insistia em sequestrar minha atenção da conversa.

— Desenterrei o Atari do meu pai e ainda funciona, vocês acreditam?

Eu acreditaria em absolutamente tudo que Allison falasse se isso aplacasse a sensação do olhar de Vinícius queimando a minha nuca. Ainda assim, fiz um esforço para me concentrar e parecer surpresa diante da revelação de Allison. *É mais do que desejo, é muito mais do que amor...*

— As pessoas de mais idade estão cobertas de razão quando dizem que não se fazem mais coisas como antigamente.

— Não se fazem mesmo! — mamãe concordou, comprovando sem perceber que ela era uma pessoa de mais idade.

— Passei *horas* jogando um jogo que, não sei se vocês conhecem, mas se chama...

— AE, AE, AE! — Xandy subiu alguns degraus da escada para ficar mais alto que o resto de nós. — Desculpa interromper as conversas paralelas, mas eu tenho coisas a dizer.

Uma salva de palmas irrompeu de onde os amigos motoqueiros dele e de Vinícius estavam reunidos. Eu não tinha ideia se eles sabiam o que Xandy pretendia falar, mas achei bacana eles darem esse incentivo ao amigo. Aliás, isso era algo que eu nunca pude criticar, eles sempre estavam apoiando uns aos outros, por mais idiotas que suas ideias fossem. E, agora que eu tinha amigos para chamar de meus, conseguia perceber o quanto aquilo era valioso.

— Esse é o primeiro evento que patrocino com o suor do meu trabalho e queria agradecer a todo mundo que tá aqui pra celebrar a vitória do meu amigo! — Outra salva de palmas tomou conta do espaço, e dessa vez eu participei do movimento. — Tudo bem que ele ainda não tá cem por cento, que falta um tempo pra que possa voltar a pilotar uma moto e coisa e tal, mas só de ver ele não precisar do raio daquelas muletas pra se locomover já é razão pra comemorar.

— Às vezes eu ainda preciso! — Vinícius fez esse adendo para o público.

— É, mas já tá muito melhor que antes e a tendência é melhorar cada vez mais. — Xandy se mostrou tão otimista quanto eu em relação à recuperação de Vini. — E acho bom você continuar se esforçando na fisioterapia, porque no próximo churrasco eu quero ver você sambando e os cacete.

— Vou dar o meu máximo — Vinícius assegurou, fazendo meu coração se alegrar ao notar o comprometimento na sua voz.

— É isso aí! — Xandy comemorou com uma dancinha sem noção, principalmente levando em consideração que ele tinha pausado a música para fazer o anúncio. — Agora vou deixar vocês seguirem com seus assuntos e suas danças porque eu esqueci o resto das coisas que eu queria dizer. Não estou acostumado a ser o centro das atenções, há-há!

Ele desceu os degraus rindo da própria piada. Pelo menos ele tinha consciência do quanto gostava de aparecer.

— Peraí, Xandy, não dá o *play* ainda não! — Vinícius pediu ao mesmo tempo que se locomovia em meio à galera. — Também tenho umas paradas pra falar.

Não sabia se o resto das pessoas ficaram tão surpresas quanto eu, mas, quando meu olhar cruzou com o de Layana, ela fez uma careta que deixou bem claro que entendia exatamente como eu me sentia.

— Queria agradecer a todos vocês por virem comemorar comigo, mesmo que eu ainda não tenha me recuperado completamente.

– Vinícius subiu os degraus da escada com dificuldade e se virou para o público atento. – Todo mundo que tá aqui tem uma razão especial pra estar, mas tem umas pessoas que eu preciso agradecer individualmente.

Seu olhar pousou brevemente no meu e na mesma hora comecei a sentir minha mão suar. Lá vinha...

– Ninha, você foi a pessoa que mais me acompanhou durante as sessões de fisioterapia e tenho certeza de que sabe o que isso significou pra mim, mas gostaria que todo mundo aqui soubesse também. Me aturar, principalmente nas primeiras sessões em que eu ficava frustrado e não evoluía nada, não é pra qualquer um.

– Foi um prazer, seu bobo! – Bruninha gritou em resposta, sem ter a menor noção do quanto aquele diálogo estava sapateando o meu coração.

– E também um muito obrigado à dona Lizette, que não só cedeu o quintal pra esse churras acontecer, mas também abriu as portas da casa dela pra me receber enquanto eu não consigo subir as escadas.

– Não foi nada, meu filho – vovó falou, toda prosa. Qualquer sinal daquela senhora à beira de fazer um barraco que encontrei mais cedo na cozinha desapareceu por completo.

– Foi, sim – Vinícius rebateu. – Venho invadindo a privacidade da senhora, de toda sua família, e mesmo assim vocês têm me recebido tão bem. Valeu tia, Mirian e Mixi, vocês são o máximo.

Michelle correu e foi abraçar as pernas de Vinícius, ele fez um carinho nos cabelos dela e tomou fôlego para continuar a falar. Eu, particularmente, não sabia se queria continuar escutando. A cada palavra que saía da boca dele o impulso de sair correndo aumentava em mim. Lidar com a distância dele era ainda mais insuportável do que eu julgava ser, e eu acreditava que a estratégia de defesa mais apropriada para aguentar o tranco que aquilo dava no meu emocional era impondo uma boa distância física entre nós dois.

Talvez eu devesse ir para a padaria da esquina, mesmo que Allison e Méli, minhas companhias oficiais no estabelecimento, estivessem bem aqui, com os olhos brilhando ao assistirem às demonstrações de ternura de Vini.

Existiam poucas coisas nessa vida que o *croissant* com chocolate de Méli não amenizasse. E eu torcia que a dor de ver Vinícius se declarando para Bruninha não fosse uma dessas coisas.

– Por fim, queria falar de alguém muito especial – ele continuou, fazendo o meu coração se reduzir ao tamanho de um grão de milho dentro do peito. Dei um passo em direção ao portão antes mesmo que ele desse continuidade à frase. – Não foge, não, Vivian, porque eu tô falando de você.

Todos os convidados se viraram na minha direção enquanto eu ficava congelada no lugar.

– Todo mundo sabe que sou louco por essa mulher, né?

– Sabemos! – uma multidão respondeu em coro.

– Estamos *cansados* de saber! – Xandy complementou.

– Ah, bom! – Vinícius retomou a palavra. – Porque às vezes eu fico desconfiado de que *ela* não sabe o quanto significa pra mim. E, pra piorar, parece que não quer ouvir o que eu tenho a dizer. Mas eu vou dizer, porque a festa é minha e eu me declaro pra quem eu quiser!

Gritos animados ecoaram entre os convidados. Eu, por minha vez, não me sentia apta a expressar nenhuma emoção. Estava me liquefazendo no meio do quintal.

– Viv, sérião, eu sei que a gente tá terminado, mas eu nunca te esqueci, nunca quis te esquecer, caso contrário eu não continuaria morando aqui, praticamente colado em você.

Minhas pernas tremiam, meus olhos ardiam e meu estômago dava cambalhotas acrobáticas dignas de medalha de ouro. Ainda assim, eu tratei de me manter atenta a cada palavra que saía pela boca dele, me agarrando a cada sílaba.

– A gente precisava desse tempo pra reavaliar nossas prioridades, organizar nossa vida individual, mas já deu, né? A saudade tá grande demais, não tá dando pra aguentar.

A primeira lágrima caiu junto com o primeiro passo que eu dei em direção a ele. A segunda só veio quando eu comecei a subir os degraus. Eu corri tão rápido até a escada que derrubei os copos de cerveja de dois ou três convidados pelo caminho.

Talvez tivesse sido quatro. Mas, francamente, não me importava, minha prioridade era chegar até Vini na velocidade da luz. E, quando cheguei, desabei no peito dele com tanta força que fiquei preocupada de que ele não aguentasse o impacto, por ainda não estar no auge da sua forma física. Mas ele se apoiou no corrimão enquanto me envolveu forte entre seus braços.

Nem me liguei que estava chorando feio na frente de todo mundo, só o que eu computava era o suave cafuné que ele fazia no meu cabelo e os beijinhos que dava na minha testa. No entanto, foi impossível continuar imersa naquele momento quando minha avó bateu palminhas para chamar a atenção do público para ela e declarou:

– Circulando, pessoal! Esse dois precisam de espaço para se acertarem logo de uma vez, porque ninguém aqui dentro dessa casa aguenta mais. Acabou o milho, acabou a pipoca! Amanhã vocês voltam pra comer e beber o que sobrou. Temos coisas mais importantes para resolver agora.

Para meu deleite, todo mundo obedeceu à vovó sem dar um pio. Quer dizer, Méli fez questão de frisar que não iria descansar até conseguir a receita da farofa da minha mãe antes de cruzar o portão, mas, fora esse pequeno desvio, todo mundo seguiu seu rumo em paz.

Quando o último convidado bateu o portão atrás de si, eu me desemaranhei dos braços de Vinícius, provavelmente com a maquiagem na altura do queixo, e constatei o óbvio:

– A gente precisa conversar.

E só naquela hora eu me dei conta de que passei por cima de um detalhe crucial.

– É isso que eu venho tentando fazer há eras – ele disse, dando uma olhadela para o lado, onde minha família nuclear estava reunida, de braços cruzados, assistindo à cena.

– Melhor a gente fazer isso lá em casa – ponderei. – Vem, eu te ajudo a subir.

– Brigado, amor.

Ele voltou a passar o braço em volta do meu ombro e eu o segurei pela cintura. Juntos subimos mais um degrau. E, por mais que a escada parecesse longa em vista do esforço que precisaríamos fazer para chegar ao topo, o caminho que tínhamos percorrido para chegar até ali nos mostrava que a subida seria moleza.

28

Fechei a porta da sala atrás de nós e me afastei lentamente dele. Tinha uma coisa me incomodando. E o incômodo aumentava a cada degrau que a gente subia, tão chato quanto uma etiqueta que esquecemos de tirar da peça íntima, pinicando nos pontos mais sensíveis. Eu precisava esclarecer aquela questão antes de qualquer coisa que viéssemos a resolver sobre nós dois. Isto é, se é que conseguiríamos nos resolver, porque o que queria pontuar podia ter um impacto direto na própria existência da nossa relação.

– Vin, o que você pretende fazer em relação à Bruninha? – perguntei logo de uma vez, porque uma coisa que esses últimos dias me ensinaram era que não adiantava nada ficar postergando as coisas, principalmente quando o tópico era de suma importância.

– Uhn, nada? – ele teve a cara de pau de me dizer, sem um pingo de vergonha na cara. – O que eu *poderia* fazer?

Todo aquele sentimento que transbordou pelo meu rosto em forma de lágrimas copiosas há meros minutos foi se transformando rapidamente em indignação, daquele tipo que me fazia bater a ponta do pé no chão na vã tentativa de me controlar.

– Uhn, não sei? Ser sincero? Colocar as coisas em pratos limpos? – opinei, por cima do barulho de *tec-tec-tec* da minha rasteirinha.

– Mais do que eu acabei de ser ali embaixo? Achei que deixei bem claro como eu me sinto, pra mais gente do que eu deveria, pra ser bem sincero.

— É, mas isso não é jeito de terminar com ninguém. A garota deve estar um caco, chorando ainda mais do que eu!

— Vivian, do que você tá falando? — ele perguntou, antes de cair na risada.

Eu olhei para os lados, confusa. Acho que estava meio que em busca de câmeras para me certificar de que aquilo não era uma pegadinha.

— Da *Bruninha* — reforcei —, de vocês dois. Do que rola entre vocês.

— O que rola entre a gente é uma linda amizade. — Vinícius veio na minha direção. — Não sei se acho fofo você se preocupar com o bem-estar dela ou se fico bolado por você achar que eu seria capaz de fazer algo assim com alguém.

— É uma questão a se pensar — ponderei ao caminhar até o sofá.

Antes mesmo de eu me jogar entre as almofadas, comecei a colocar a mão na consciência. Por mais que eu estivesse me esforçando para ser uma pessoa melhor, em horas como aquela eu percebia que ainda tinha um loooongo caminho pela frente.

Enquanto eu refletia sobre minhas falhas, Vinícius continuava tentando se aproximar, ainda que seus passos estivessem vacilantes sem o meu apoio.

— Você precisa de um tempo pra organizar sua cabeça? — ele perguntou, ao parar na minha frente. — Sei que despejei meu turbilhão de sentimentos em você e em todo mundo sem nenhum aviso prévio. Entendo se você precisar se reestruturar antes de a gente conversar.

Vinícius ser tão maravilhoso em todos os detalhes deixava a jornada de me tornar uma pessoa melhor ainda mais difícil, pois parecia impossível alcançar aquele nível de ternura, atenção e cuidado. Por outro lado, era justamente por ele ser tão maravilhoso, mesmo sabendo que ele também tinha as falhas dele, que fazer uma forcinha para melhorar dia após dia valia a pena.

– Não é de tempo que eu preciso – falei, ao segurar a mão dele.

– Eu preciso de *respostas*.

– Então faz as perguntas. – Ele se sentou do meu lado sem soltar a minha mão, entendendo o que eu queria sem que eu precisasse falar.

Aquela era a oportunidade perfeita para eu ir mais a fundo no que rolou entre ele e Bruninha. Ele parecia tão receptivo que eu tinha a impressão de que conseguiria perguntar até sobre o que eles estavam rindo naquela noite, no meu antigo quarto, enquanto eu esperava o carro me buscar para ir para a Drinkeria SubUrbana. Mas me toquei que o que eu realmente queria saber era algo bem mais simples:

– Por que você parou de brincar que estava dando em cima de mim do nada?

Ele jogou a cabeça para trás, deixando-a apoiada no encosto do sofá enquanto um sorriso ia se formando devagarzinho no seu rosto. Gostaria de desenhar o formato dos seus lábios com os dedos de tão bonito que era, mas achei melhor aguentar as pontas e ouvir o que ele tinha para falar.

– Um dia percebi que eu não ia conseguir muita coisa te irritando. Além do mais, por mais que fossem brincadeiras, tinham um fundo, uma frente e um meio de verdade. Acabava sendo um jogo muito perigoso pra mim.

Agora era eu quem sentia um sorriso brotar em mim, mas, antes que ele se transformasse numa risada satisfeita, Vinícius voltou a falar:

– Fora isso, eu realmente acho que você precisava de um tempo pra se reorganizar. Vi você mudar muito de uns meses pra cá. – Eu assenti, me lembrando de quantos amigos novos eu fiz e dos planos que eu tinha para o futuro. – Mas torço pra que esse tempo tenha acabado, porque tá difícil à beça continuar esperando.

Ele entrelaçou nossos dedos, enquanto com a mão que eu tinha livre fiz um carinho no seu rosto, me deleitando com a sensação da sua barba por fazer sob os meus dedos. Me aproximei devagarinho para beijá-lo, mas antes que eu chegasse ao meu objetivo final Vinícius segurou meu rosto, a meros centímetros do dele.

– Mas já que você perguntou sobre Bruninha e eu não quero recomeçar as coisas entre nós com nenhum segredo, queria contar que a gente ficou, sim. Uma vez.

Fiquei bem parada onde estava, absorvendo a informação. Aquilo soava como um pesadelo aos meus ouvidos, mas, ao mesmo tempo, comprovava que eu não delirei completamente ao desconfiar que tinha algo rolando entre eles. Ainda era cedo para jogar minha intuição no lixo.

– Logo de cara eu percebi que não funcionaria pra mim, não daria certo tentar te esquecer, não daquele jeito – ele continuou. – Ela concordou em continuarmos só como amigos.

– Tem certeza? – perguntei. – Porque eu jamais conseguiria ser só sua amiga, sem segundas intenções.

– Então era isso que você estava desejando durante todo esse tempo que me levava à fisioterapia? – Ele apertou meu rosto com a mão. – Desejando meu corpinho em recuperação?

– Não, pera lá, minha prioridade era que você ficasse bom logo – me defendi. – Mas não vou mentir, claro que me passou pela cabeça performar algumas ações com seu corpinho em recuperação.

– *Ações, é?*
– É – confirmei ao enterrar meu rosto no ombro dele. – Mas você tá fugindo do verdadeiro assunto.
– Não tô. – Ele começou a fazer um carinho muito gostoso na minha cabeça. – É que pensar em *ações* com você me embaralha todo.

Passei o braço em volta de Vinícius e torci para que ele entendesse que essa era minha forma de concordar com o que ele tinha a dizer. Além de, é claro, sentir um pouco da firmeza do seu corpo, do qual passei tanto tempo longe.

– Mas eu não posso responder pelas intenções de Bruninha, não dá pra adivinhar o que acontece dentro do coração de ninguém. Se desse, eu teria empregado meus esforços investigativos pra descobrir o que acontecia dentro do seu e não ficaria cheio de inseguranças durante todos esses meses.

Dei um beijinho no ombro dele, meu coração estava cheio deles. Só não o enchi de beijos porque Vinícius tinha mais coisas a falar:

– Mas o que posso dizer é que hoje em dia nós agimos como amigos um com o outro. Eu ajudo a gerenciar os perfis dela em aplicativos de namoro e ela me dá conselhos de como eu posso reconquistar você. Aliás, foi ela que me incentivou a fazer aquele discurso meio patético lá embaixo.

– Eu amei o discurso! – Apertei meu braço em volta dele.

– É isso que importa. – Ele deixou a mão escorregar do meu cabelo para o meu pescoço. – Pouco me importa se eu tiver passado vergonha diante dos meus amigos e família.

– Vai ser o assunto do bairro amanhã – comentei.

– Já deve estar sendo agora – ele falou, e provavelmente estava coberto de razão. – Mas o que eu realmente quero saber é se você tem mais alguma pergunta, porque eu tô louco pra te beijar.

– Eu tenho milhares – respondi, sem economizar na sinceridade –, mas todas elas podem esperar.

Inclinei-me sobre os lábios dele e enfim me deleitei. Beijar Vinícius era como voltar para casa depois de uma longa viagem. Tudo estava do jeito que eu deixei, e eu fui invadida pela sensação de não querer sair de lá nunca mais. Aquele era meu lar.

Contudo, meu domicílio sofreu um considerável terremoto quando o braço de Vini me enlaçou pela cintura e me puxou para o colo dele. Interrompi o beijo só para me certificar de que não tinha aterrissado na perna errada. A última coisa que eu queria era que um acidente interrompesse esse momento pelo qual eu tanto ansiei, e sonhei, e...

Bem, era melhor eu me concentrar no momento. Na língua dele invadindo a minha boca, suas mãos subindo pelas minhas costelas, a rigidez dele sob mim.

– Viv, você não tem *ideia* – ele murmurou, com a boca colada ao meu pescoço.

– Eu tenho, eu tenho. – Pressionei meu corpo contra o dele. – Eu sei exatamente como é.

– Que bom – ele falou, enquanto fazia uma trilha de beijos que desciam pelo meu colo. – Mas sua avó, sua mãe e sua irmã devem estar de antenas ligadas lá embaixo, doidas pra pescar o que tá acontecendo aqui.

– Elas não fariam isso. Elas respeitam nossa privacidade.

– Não coloco minha mão no fogo quando somos alvo de fofoca de todo o bairro.

Apesar de o que ele disse ter uma conotação completamente contrária, a mão dele passeando pelas minhas costas pareciam labaredas que me consumiam por inteiro.

– Você tem um ponto – dei razão a ele, enquanto me arrepiava toda com seu toque.

– Eu não quero ter ponto nenhum, Viv. – Ele me beijou de um jeito particularmente ansioso, mordendo meu lábio inferior no final. – Eu quero *você*.

– Vamos pro quarto.

Me levantei e fui puxando ele pela mão. Na metade do caminho, ele me abraçou por trás. Minha vontade foi fazer tudo que eu tinha para fazer ali mesmo, no corredor entre a sala e o quarto, sem nenhum tipo de elegância ou conforto.

Vinícius teve que quase me rebocar pelo resto do caminho, eu me encontrava completamente rendida por ele. Seu cheiro, o jeito como me tocava, a frequência exata dos seus beijos.

Fomos parar na cama num emaranhado de braços e pernas. De uma forma que eu não computei, acabei perdendo meu vestido pelo caminho. A sensação de nossas peles se encostando era a coisa mais inebriante do mundo.

Ele deu uma mordidinha no meu ombro ao abrir o fecho do sutiã.

– Vini, eu te amo.

– Eu também, meu amor – ele disse, entre uma mordiscada e outra. – Todo dia eu tinha vontade de te dizer.

Cravei as unhas em suas costas e senti o corpo dele se tensionar. Amava ter esse efeito sobre ele. Amava estar sob ele. Amava tudo na gente.

– Você não sabe *a falta* que me fez – ele disse, antes de me beijar calmamente e por inteiro.

Tive que me segurar nas cobertas para *não* gritar. Ele sabia fazer exatamente como eu gostava. No meio de tudo aquilo, Vini esticou o braço até a mesa de cabeceira. Ele sabia que era lá que eu guardava os preservativos e, coincidentemente ou não, Vini também encontrou lá dentro a foto de nós dois no porta-retratos cheio de firulas.

– Você me guardou no lugar certo. – Ele colocou o porta-retratos em cima da mesinha de novo.

Naquele *frisson* entre nós dois, naquele momento, era o corpo que comandava minhas ações, e ele me mandava sinais de que algo maravilhoso se aproximava.

E assim seria. Acho que nunca senti tanta paz na vida quanto sentia agora.

Vini começou uma série de movimentos que reconheci como o prelúdio do banho, que consistia em me puxar para fora da cama e prometer que seria rapidinho.

E, a propósito, nunca era, porque com frequência eu me deixava ser seduzida por suas brincadeirinhas aquáticas, que, eu tinha que admitir, no final acabavam sendo bem divertidas. Principalmente quando evoluíam para algo ainda mais prazeroso.

Contudo, dessa vez, antes de iniciar qualquer tipo de recreação, Vinícius resolveu abordar um assunto mais sério:

– Eu sei que você disse que tem milhares de perguntas pra fazer, mas eu também tenho uma e gostaria de furar fila.

– Lá vem... – resmunguei ao abrir o chuveiro, ainda que um sorriso bobo se recusasse a sair da minha cara.

– É, vem mesmo, de mala e cuia, se possível – ele disse, ao passar a mão ensaboada pelo meu corpo. – Tô ligado que a gente tem muito pra conversar, mas será que não dá pra gente resolver tudo comigo morando aqui? Por mais que eu goste do seu quarto lá de baixo, com exceção dos pôsteres do One Direction, aqui é nossa casa, o lugar que a gente construiu juntos.

Encostei a cabeça no ombro dele enquanto meditava a respeito.

– Sem falar que é muito ruim dormir sem você.

– Isso é mesmo – concordei, me lembrando da sensação magnífica de acordar todo dia envolta num ninho aconchegante de amor que há tanto tempo eu não sentia.

– Então me dá essa colher de chá, vai – ele pediu, fazendo um biquinho que ficou ainda mais cômico por causa da água do chuveiro caindo pelo seu rosto.

– Eu te dou tudo que você quiser, Vin.

– Vai com calma que eu ainda não matei todas as saudades que eu tô de você – ele disse ao me puxar para baixo da água.

Foi tão de repente que eu quase escorreguei. Ainda bem que eu estava envolta nos braços dele, que me ampararam. A verdade era que ele sempre estava ali, mesmo quando a gente se esforçava para manter distância. Não tinha razão para continuarmos fingindo que não queríamos passar a maior quantidade de tempo possível grudados um no outro. Bastava eu acreditar que, juntos, encontraríamos uma forma saudável de viver como casal. E, olhando para a carinha sorridente dele me encarando, era muito fácil ter fé que dessa vez daria certo.

Mesmo depois de ele cuspir um montão de água do banho em mim. Ele sabia que esse tipo de ataque nunca saía barato. Dito isso, foi aí que começou a brincadeira, que não demorou para evoluir para o outro tipo de brincadeira.

Esse era nosso jeitinho de aproveitar a vida. E, francamente, eu não queria saber de outra coisa.

EPÍLOGO

Dois meses se passaram desde aquela noite pós-churrasco em que eu e Vini nos acertamos e combinamos de voltar a morar juntos em meio a guerrinhas de água. Desde então, outras guerrinhas vieram: de água, de travesseiro e, em algumas ocasiões, de palavras – nada grave, mas qualquer pessoa que morasse comigo deveria estar ciente de que um trocar de farpas aqui e acolá faria parte da rotina. Além do mais, não dá para existir relacionamento saudável sem alguns desconfortos e acertos.

Vinícius também tinha se tornado mestre em transformar os atritos corriqueiros em piadas memoráveis, ou em tipos mais físicos de atrito. Eu não sabia exatamente como ele conseguia aquilo, mas quando eu dava por mim já me encontrava morrendo de rir nos braços dele, ou em meio a um suspiro tão longo que parecia que minha alma tinha saído do corpo para dar uma volta e ver como ficávamos lindos vistos de cima.

De qualquer ângulo, na verdade.

Contudo, nem tudo era *flash* e lindos ângulos. Vinícius continuava fazendo os serviços burocráticos da oficina onde trabalhava enquanto se dedicava a recuperar totalmente os movimentos da perna na fisioterapia, antes de decidir qualquer coisa sobre seu futuro. Eu, por outro lado, seguia correndo do curso para o trabalho, do trabalho para as clientes particulares, e tentando fazer planos para o futuro no meio-tempo.

Ter Vinícius acreditando nos meus sonhos junto comigo me fez começar a pensar que talvez estivesse na hora de dar o próximo passo, era isso que eu conversava com Layana no fim da aula.

– Você não disse que tava atrasada? – minha amiga perguntou, ao atravessarmos o corredor cheio de estudantes ávidos para construir um futuro melhor, tal como nós.

– Eu tô! Mas não vou conseguir ficar em paz até falar isso com você.

– Você poderia falar por mensagem – Lay sugeriu. – Um áudio, se quiser um toque mais pessoal.

– Mas eu queria ver se seus olhos vão brilhar igual aos meus.

– Não tem como você ver o brilho dos seus próprios olhos durante uma conversa – ela pontuou, o que, de fato, não era mentira.

– Vinícius que viu e me contou – assumi.

– Ah, mas você tá sempre de olhinhos brilhantes quando tá perto dele! – Lay acelerou o passo e comecei a achar que quem estava com pressa era ela.

– Mas dessa vez não tinha nada a ver com ele e as coisinhas que fazemos. – Ela levantou as sobrancelhas lá no alto, quem via até achava que ela não vivia fazendo coisinhas com Mariana. – O assunto era o nosso negócio, a necessidade de colocarmos ele em prática.

– Você realmente acha que a gente tem dinheiro suficiente pra dar o pontapé inicial?

Ela interrompeu a caminhada para me olhar. Acho que toquei num ponto sensível para ela. E, para aproveitar o embalo, choquei meu ombro contra o dela antes de falar:

– Acho que a gente não vai saber se não tentar. É só uma questão de manter os olhos bem abertos em busca de uma oportunidade, isso não quer dizer que abriríamos a clínica amanhã.

– Até porque, se não me engano, amanhã tanto você quanto eu estamos cheias de clientes pra atender, né?
– Pois é, sextou! – Ri para não chorar.
– E não dá nem pra reclamar, que é com o dinheiro desses atendimentos que vamos conseguir abrir nosso negócio – Layana falou, empregando um tempo verbal que eu não sabia nomear, mas que me agradava.
– Exato! – concordei, toda satisfeita ao encontrar o brilho no olhar dela. – E, por falar em não reclamar, tenho um dia longo pela frente, não posso me atrasar.
– Foi o que eu falei assim que você começou a puxar papo e diminuir a velocidade dos nossos passos.
– Você tava certa. – Dei o braço a torcer. – Mas eu também, porque conversar sobre nosso negócio e manter as ideias alinhadas são de suma importância pro nosso sucesso.
– Isso é – ela me deu razão, provando que não era mesquinha nesse aspecto, o que eu configurava como uma característica imprescindível para o sucesso da nossa sociedade.
– Mas agora eu tenho que ir. – Acelerei o passo. – Olha lá meu ônibus virando a esquina. Não posso perder!
Corri atrás do veículo, abandonando toda a elegância. Por sorte, o sinal ficou vermelho, me dando tempo suficiente para alcançar e subir no ônibus. Estava um calor in-fer-nal lá dentro. E não tinha lugar para sentar. Ê, vida de gado! Eu não via a hora de aquele pequeno sofrimento urbano acabar. E, por mais inacreditável que pudesse parecer, eu conseguia ver uma luz no fim do túnel. Ela se aproximava em alta velocidade, sobre duas rodas.
Quase uma hora depois, recheada de sacolejos e freadas bruscas, desci no ponto em frente à melhor padaria do Subúrbio do Subúrbio.

Méli estava atrás do balcão, arrumando *tarteletes* na vitrine. Devido à sua compenetração na tarefa, Allison me viu primeiro.

– Quantas você vai querer? – ele perguntou logo de cara, pois sabia com quem estava lidando.

– Uma de chocolate pra mim e uma de frutas vermelhas pra Vinícius.

– Vocês estão viciados! – Méli guinchou, toda prosa.

– E a culpa é sua! – complementei. – Já virou nosso ritual noturno assistir a uma série comendo um docinho feito por você.

– Fico muito honrada! – Méli fez uma mesura esticando uma saia imaginária. – Mas ficaria mais honrada ainda se vocês me passassem dicas de séries pra ver com o mozão. Não aguento mais ser obrigada a ver filmes de super-herói!

Allison revirou os olhos, pelo visto aquela era uma reclamação recorrente na padaria. Eu mesma já tinha ouvido reclamações a respeito daquele mozão dela. E adoraria me sentar em um dos banquinhos e debater os pontos fortes e fracos de cada série que eu e Vinícius tínhamos assistido nos últimos tempos na esperança de trazer um toque de leveza para a relação dela. Mas a lista era longa e meus minutos contados não permitiriam que eu sequer iniciasse minhas críticas, muito menos me informar sobre o que tinha acontecido entre ela e o tal mozão – infelizmente a fofoca teria que ficar para outro momento.

– Nos falamos por mensagem – prometi, ao passar o cartão na maquininha que Allison segurava.

– Vou ficar esperando! – Méli gritou enquanto eu saía. – A qualidade do meu tempo livre depende de você, Vivian!

Achei que aquilo era uma responsabilidade imensa para colocar nas minhas pobres e sobrecarregadas costas. Por outro lado,

Méli costumava fazer essas declarações poderosíssimas e esquecer logo no minuto seguinte. Provavelmente, não ficaria brava se eu demorasse para enviar as indicações. Até lá, eu esperava de coração que ela já tivesse se resolvido com o namorado dela – ou dado um chute na bunda do sujeito logo de uma vez, o que seria ainda melhor.

Nada como conhecer as pessoas melhor do que elas mesmas. Era um privilégio gostoso demais!

Só não era mais gostoso que as *tarteletes*, que eu teria que lembrar de colocar na geladeira antes de sair novamente de casa.

Uma lista infinita de tarefas passava na minha mente enquanto eu caminhava pela calçada, e quase tropecei em um pequeno ser humano que veio de encontro a mim.

– Perdão! – pedi ao frear em cima da hora.

– Ah, Vivian! – O alvo exclamou com a voz tão pequenina quanto seu tamanho. – Que susto.

– Desculpa – repeti. – Não te vi, tava distraída.

– Tudo bem, acontece comigo o tempo todo – Bruninha disse.

Fiquei sem graça de perguntar a ela se estava falando da distração ao andar ou de as pessoas não a verem ao caminhar. Ambas as hipóteses me pareciam igualmente prováveis. Mas eu jamais diria tamanha indelicadeza para uma das grandes amigas do meu namorado.

Grande, nesse caso, era força de expressão, claro.

– Mas foi bom eu te encontrar – Brunna tomou as rédeas da conversa, já que eu tinha feito uma breve viagem para o mundo da lua.

– Quando Vinícius voltar da fisioterapia, fala que vou precisar da calculadora científica que emprestei a ele de volta. Eu ia passar na casa de vocês pra buscar, mas não sei que horas ele chega.

– Ele ainda nem foi, tá me esperando pra irmos juntos. Na volta a gente pode deixar lá na sua casa.

– Obrigada, você é um anjo! – Ela bateu uma palminha que achei ainda mais exagerada que o elogio. – Deixa com a minha avó, porque eu tô saindo e não tenho hora pra voltar.

– Maravilha! – Sorri, torcendo de todo o meu coração que algo bom viesse dessa saída dela.

Ela parecia contente e emperiquitada demais para uma simples voltinha no bairro, além do mais vestia um conjuntinho chique no último. Eu não fazia ideia de para onde ela estava indo, mas tinha certeza de que Vinícius logo me contaria tudo com riqueza de detalhes. O que acalmava meu espírito ansioso por fofocas que nada tinham a ver comigo.

– Bom, vou me adiantando que Vini tem hora marcada – me despedi, antes de seguir meu rumo. – Uma correria danada!

– Sei como é! – Ela acenou em resposta. – Mais tarde eu falo com Vini pra saber como foi!

Dei um tchauzinho e continuei minha caminhada. Assim como Vinícius contava as coisas para mim, ele também contava para ela. E por mim estava tudo bem. Agora eu, assim como ele, tinha amigos com quem podia fofocar e entendia a importância de múltiplas fontes de informação. Às vezes precisávamos de mais pessoas para completar todos os elos de uma história.

Sem falar que ter vários amigos era a garantia de que eu nunca mais precisaria passar uma tarde de folga sozinha em casa jogada às traças se um deles estivesse ocupado, simplesmente porque agora eu tinha um monte deles – quer dizer, um monte levando em consideração os meus padrões de quantidade, que anteriormente eram zero.

Mas, antes que eu fosse mais fundo nos meus devaneios e tropeçasse em outra pessoa de baixa estatura, resolvi prestar atenção em meu entorno. Estava quase chegando em casa, só faltava mais um quarteirão. Dei uma olhada nas construções de sempre e, no meio delas encontrei algo novo, algo inusitado, que não deveria estar ali havia muito tempo.

Em uma placa com logo de imobiliária em um dos pequenos prédios de três andares, lia-se: ALUGA-SE PARA FINS COMERCIAIS. Meu coração deu uma batida descompassada ao avistar a placa. Aquele prédio era uma gracinha, com varandas cheias de plantinhas que daria uma linda área *lounge* para as minhas clientes. Ou para os clientes de qualquer outro estabelecimento comercial que se instalasse ali. Mas, seguindo meu instinto inicial, tirei uma foto e mandei para Layana, na esperança de que ela achasse o espaço tão fofo quanto eu.

Mais tarde eu ligaria para ela e falaria sobre o assunto, dando detalhes sobre as plantinhas e a área *lounge*, porque no momento eu precisava correr para casa, estava definitivamente atrasada.

– Amor, cheguei! – anunciei assim que alcancei o portão.

– Até que enfim! – Vinícius gritou da varanda. – Pera, por que você tá subindo?

Ele parecia ultrajado, enquanto eu já fazia biquinho para lhe dar um beijo.

– Preciso guardar as *tartaletes* na geladeira, além disso Bruninha disse que tá precisando da calculadora que te emprestou e eu me comprometi a deixar com a avó dela na volta.

– Deixa que eu resolvo isso – ele disse, se esticando na varanda para pegar as sacolas da minha mão no meio da escada.

– Vai se ajeitando aí embaixo.

Tornei a descer os degraus, aceitando que meu beijinho de boas-vindas tinha ido com Deus. Fui até o canto do quintal, coloquei o capacete e puxei a moto para a rua. Nem acreditava que havia tão pouco tempo eu tinha enfrentado tanta dificuldade para dar partida nela. Agora me parecia tão natural... O roncar do motor acalentava meu coração com a promessa de que eu chegaria aonde quisesse sem depender de ninguém além de mim mesma.

Tudo bem que eu ainda tinha um pouco de medo de pilotar sozinha, afinal de contas tinha acabado de conseguir a habilitação. Mas levar Vini à sessão de fisioterapia era uma bela forma de treinar, não havia jeito melhor de angariar prática.

Ele estava quase no fim do tratamento e já tinha permissão para conduzir a moto sozinho – sem estripulias! –, mas preferia que eu fosse junto para avaliar meu desempenho como motorista. Eu não tinha do que reclamar, adorava a sensação de ser abraçada por ele enquanto nos guiava. Poder contar com a expertise de anos de um piloto como ele, caso acontecesse algum problema, era apenas um detalhe.

– Acelera, amor! Tá quase na hora da sessão! – berrei para apressá-lo.

– Foi mal! Tinha esquecido onde tinha colocado a calculadora – ele explicou, mostrando o objeto enquanto descia as escadas. – Pronta para pilotar o mais rápido que você conseguir?

Vinícius parou na minha frente com um quê de desafio no olhar, coisa que ele sabia que funcionava que era uma beleza na hora de me incentivar. E, como se não bastasse a linda expressão em seu rosto, ele falou:

– Vamos ver se Xandy te ensinou tudo direitinho.

– Você sabe que ele ensinou. Além do mais, o DETRAN me aprovou. Eu tô completamente apta a te levar até lá.

– Saber, eu sei, mas agora eu quero ver, sentir... – Ele plantou um beijo demorado no meu ombro antes de colocar o capacete.

– Espero que a viagem te dê frio na barriga – falei, passando a primeira marcha com o pé.

– Com você sempre dá – ele respondeu, por cima do barulho do motor. – Do melhor jeito possível.

Eu arranquei com a moto e lá fomos nós, do melhor jeito possível.

AGRADECIMENTOS

Embora este livro tenha diversas metáforas sobre alta velocidade, demorou muuuuito pra eu chegar até aqui – e jamais conseguiria se estivesse sozinha.

Tive a sorte de sempre estar muito bem acompanhada, o que eu agradeço imensamente, porque a jornada não é fácil, mas dá uma felicidade danada olhar pra trás e ver quanta gente incrível fez parte do meu caminho. Gostaria de começar com meu MUITO OBRIGADA — assim, em letras garrafais — à Plataforma21, que recebeu esse livro com tanta empolgação que me senti em casa logo na minha primeira visita à editora. É uma alegria imensa fazer parte desse time, daquelas que fazem a gente dar pulinhos inesperados pela casa. E isso só aconteceu graças à Thaíse, a quem eu quero agradecer imensamente pelas ideias maravilhosas, pelo cuidado e fofura ao lidar com essa história. O acolhimento que recebi de vocês é algo com que sempre sonhei.

Mas, antes mesmo de *Recalculando a rota* ter uma casa editorial, este projeto já contava com o apoio e comentários da minha agente, Alba Milena, que não só é a primeira leitora de tudo que escrevo, como também é a razão pela qual faço tantas piadinhas. A risada dela em letras maiúsculas, ao fazer seus comentários ao longo do texto, é meio que minha razão de escrever às vezes, e espero que ela saiba disso. Além dela, queria mandar um beijo e um abraço bem apertado pra Guta, pra Grazi e pra Mari. É uma honra fazer parte da Increasy e poder contar com o apoio de vocês e de todos os Increasianos.

Viver a maior parte dos dias em realidades paralelas com problemas que eu mesma inventei pode ser bem desesperador, por isso agradeço todos os dias à existência de amigos escritores que compreendem pelo que estou passando e que ouvem os problemas dos meus personagens como se eles de fato existissem. E agradeço aos amigos não escritores também, que, apesar de talvez não entenderem a gravidade do assunto, fingem tão bem que acabo acreditando. Sou muito grata por ter essa linda seleção de pessoas na minha vida.

Também preciso deixar meu muito obrigada pra minha família, que sempre me dá boas histórias pra contar e razões pra sorrir – e aqui, obviamente, incluo meus cães, que, embora não saibam ler, merecem todo o reconhecimento do mundo.

E, por falar em reconhecimento, gostaria de reconhecer, agradecer e enaltecer vocês, que leram este livro até o fim. Sei que é um privilégio poder escrever sobre os personagens que rondam minha cabeça, mas, pra mim, a alegria maior é poder *ser lida* – e, quem sabe, tocar o coração de algumas pessoas. Obrigada por realizarem esse sonho meu, acho que é a coisa que eu mais queria na vida.

SUA OPINIÃO É MUITO IMPORTANTE
Mande um e-mail para **opiniao@vreditoras.com.br**
com o título deste livro no campo "Assunto".

1ª edição, maio 2024
FONTE Bookmania Regular 11/16,1pt
       PaybAck Regular 30/36pt
PAPEL Pólen Bold 70g/m²
IMPRESSÃO Gráfica Santa Marta
LOTE GSM030424